Schwarzes Wasser

Joyce Carol Oates

Schwarzes Wasser

Roman

Aus dem Amerikanischen übertragen
von Rüdiger Hipp

Deutsche Verlags-Anstalt
Stuttgart

Die Originalausgabe erschien unter dem Titel
»Black Water«
bei E. P. Dutton, New York

Lektorat: Dieter Luippold
Satz: Fotosatz Kaufmann, Stuttgart
Druck- und Bindearbeit:
Druckerei Wagner GmbH, Nördlingen
Printed in Germany

Den Kellys dieser Welt

Erster Teil

1

Vor lauter Ungeduld und Ausgelassenheit fuhr der Senator den gemieteten Toyota auf der unbefestigten, namenlosen Straße so schnell, daß dieser mit einem atemberaubenden Schlingern durch die Kurven schleuderte. Und dann kam der Wagen unversehens von der Fahrbahn ab; er stürzte hinunter in schwarzes, brausendes Wasser und ging, zur Beifahrerseite geneigt, rasch unter.

Werde ich sterben? – So?

2

Es war am Abend des 4. Juli. Anderswo auf Grayling Island, insbesondere entlang des nördlichen Ufers, gab es Parties, an den sandigen, zum Strand führenden Wegen standen reihenweise die geparkten Autos. Später, nach Anbruch der Dunkelheit, würden grelle, krachende Feuerwerkskörper hochgehen und ein brillantes Technicolorschauspiel entfalten wie beim Fernsehkrieg am Persischen Golf.

Sie befanden sich in einer abgelegenen, unbewohnten Gegend der Insel, wahrscheinlich hatten sie den Weg verloren. Sie öffnete die Lippen, nahm ihren Mut zusammen, um das Wort zu sagen: *Verloren.*

Es war wie mit dem Kondom, das sie seit langem in ihrer Handtasche dabeihatte. Zuerst in der aus Ziegenleder, jetzt in ihrer hübschen Laura-Ashley-Tasche mit dem sommerlichen Blumenmuster. Sie hatte genau dasselbe Kondom schon zuvor in einer anderen Handtasche mit sich geführt – in jener großen, geräumigen Strohtasche mit der roten Ledereinfassung, die schließlich auseinandergefallen war. Das Präservativ war säuberlich verpackt, es hatte einen keuschen pharmazeutischen Geruch und nahm fast keinen Platz weg. Kein einziges Mal hatte sie es in all den Monaten auch nur angefaßt, um dann irgend jemandem, sei es einem Freund, einem Berufskollegen oder Zufallsbekannten, vorzuschlagen, es zu benutzen oder dies vielleicht mal in Betracht zu ziehen. Auf alles vorbereitet, fehlten einem dann doch die Worte.

Sie befanden sich irgendwo im Sumpfland von Grayling Island, Maine, das von dem im Nordwesten liegenden Boothbay Harbor mit einer zwanzigminütigen Fährüberfahrt zu erreichen war. Sie hatten sich nett unterhalten, hatten miteinander gelacht wie alte Freunde, ganz zwanglos, und Kelly hatte dabei diskret zu verhindern versucht, daß der Rest seines Wodka-Tonic über den Rand des Plastikbechers schwappte, den er beim Fahren in der Hand hielt. Und wie bei einem defekten Film, in dem es zu zucken beginnt wie beim Schluckauf und das Bild durchläuft, flog die Straße plötzlich, so unbegreiflich plötzlich, unter dem dahinrasenden Auto weg, und sie kämpften um ihr Leben, tauchten in schwarzes Wasser ein, das auf die Windschutzscheibe klatschte und eindringen wollte, so als wäre das verträumte Sumpfland um sie herum zum Leben erwacht und recke sich empor, um sie zu verschlingen.

Werde ich sterben? – So?

— 3 —

Buffy war verletzt gewesen, zumindest schien es so. Bei Buffy war vieles Schau, man wußte das nie so recht. Sie sagte zu Kelly Kelleher: »Warum willst du jetzt schon weg? Kannst du denn nicht ein bißchen später gehen?« Und Kelly murmelte verlegen eine Ausrede, konnte nicht sagen: Weil er es so will, weil er darauf besteht.

Sie konnte nicht sagen: Wenn ich das, worum er mich bittet, nicht tue, dann wird es kein *Später* geben. Das weißt du doch.

— 4 —

Von allen Seiten ein starker, modriger Sumpfgeruch, es roch nach Feuchtigkeit und Verwesung, nach schwarzer Erde und schwarzem Wasser. Der kühle, frische, scharfe Geruch des Atlantiks schien hier weit weg zu sein, nur eine Erinnerung, die der Ostwind mit schwachen Böen landeinwärts wehte. Auch die Wellen hörte man hier nicht. Nur die Insekten. Und den Wind in den verkümmerten, von wildem Wein überwachsenen Bäumen.

Kelly Kelleher, die nicht betrunken war, dachte, als sie nach dem Sicherheitsgurt an ihrer Schulter griff: Wie seltsam, *hier* zu sein, ohne zu wissen, wo dieses *Hier* ist.

Sie hatten unbedingt die Fähre in Brockden's Landing erreichen wollen, die um 20.20 Uhr in Richtung Festland fuhr. Es war ungefähr 20.15 Uhr, als der gemietete Toyota, ohne daß es jemand bemerkt hätte, in das Gewässer – den Bach? das Flüßchen? den Fluß? – stürzte, welches weder der Senator noch seine Beifahrerin Kelly Kelleher am Scheitelpunkt einer Haarnadelkurve vermutet hatten.

Ungefähr zehn Meter vor ihnen lag eine Brücke aus stark verwitterten Planken, doch es war kein Warnschild aufgetaucht, geschweige denn ein Hinweis auf die gefährliche Kurve vor der Brücke.

Nicht jetzt. Nicht so.

Sie war sechsundzwanzig Jahre und acht Monate alt, zu jung, um zu sterben, und deshalb auch zu erstaunt, zu ungläubig, um zu schreien, als der Toyota von der Straße flog und auf der Oberfläche des fast unsichtbaren Gewässers auftraf und es einen Moment lang so aussah, als würde er nicht untergehen, sondern dahintreiben: als könnten ihn seine Wucht und sein Schwung über das Wasser tragen in das Wirrwarr aus Binsen und verkümmerten Bäumen am anderen Ufer.

Eigentlich würde man an einem solchen Ort ein seichtes Gewässer vermuten, nur einen Graben. Man würde annehmen, daß eine stabilere Leitplanke vorhanden wäre. Kein Mensch würde damit rechnen, so plötzlich, so brutal, so hilflos in ein pechschwarzes, nach Fäkalien stinkendes Gewässer zu gelangen.

Nicht so. Nein.

Sie war erstaunt, sie war verblüfft, möglicherweise reagierte der Senator genauso, denn sie hatten den 4. Juli auf Grayling Island im Haus der Eltern von Buffy St. John in froher, unbeschwerter Stimmung verbracht, man hatte viel gelacht, hatte sich angeregt unterhalten und sich arglos auf die Zukunft gefreut (auf die unmittelbar bevorstehende und die fernere Zukunft – denn das eine prägt ja das andere), deshalb war es praktisch unvorstellbar gewesen, daß ein so abrupter Umschlag kommen könnte.

Kelly Kelleher hatte im Laufe ihres Lebens mehrere Unfälle erlebt, die ähnlich abrupt und verwirrend verlaufen waren, und jedesmal war sie nicht in der Lage gewesen zu schreien, jedesmal hatte sie von dem Augenblick an, als sie merkte, daß sie sich nicht mehr im Griff hatte, daß ihr Körper nicht mehr von ihrem Gehirn gesteuert wurde, keine zusammenhängende Wahrnehmung mehr gehabt, was sich denn nun eigentlich abspielte.

Denn in solchen Augenblicken vergeht die Zeit schneller. Vor dem Aufprall vergeht die Zeit mit Lichtgeschwindigkeit.

Wie weiße Farbe breiteten sich Bewußtseinsstörungen in ihrem Gehirn aus.

— 5 —

Als der Toyota gegen eine Leitplanke prallte, welche vom Rost so löcherig war wie Spitzenbesatz und die zerbarst, ohne die Geschwindigkeit des Wagens auch nur im mindesten zu verringern, hörte sie, wie der Senator verblüfft »Hoppla!« rief.

Und dann brach plötzlich das Wasser über sie herein. Über die Motorhaube des Wagens. Über die zersprungene Windschutzscheibe. Es kam in hohen Wellen herangebrandet, als lebte es und wäre voller Zorn.

6

An der Brown University, wo ihr der Bachelor-Grad in Amerikanistik summa cum laude verliehen worden war, hatte Kelly Kelleher, deren Geburtsname Elizabeth Anne Kelleher lautete, ihre neunzig Seiten umfassende Abschlußarbeit über den Senator geschrieben.

Der Untertitel lautete: »Von Jefferson geprägter Idealismus und ›New Deal‹-Pragmatismus: Liberale Strategien in der Krise.«

Sie hatte schwer gearbeitet, hatte Recherchen angestellt über seine drei Wahlkämpfe um einen Sitz im Senat, über seine Karriere im Senat, seinen Einfluß innerhalb der Demokratischen Partei und seine Aussichten, von seiner Partei als Präsidentschaftskandidat aufgestellt zu werden. Und ihre Mühe trug ihr die Note A ein.

Für die Arbeiten, die Kelly Kelleher in ihrem Hauptfach ablieferte, hatte sie meist Spitzennoten erhalten, dazu ein Blatt mit handschriftlichen Anmerkungen und Lobesworte von ihrem Tutor.

Das war vor fünf Jahren gewesen. Als sie jung gewesen war.

Als Kelly am Nachmittag mit dem Senator zusammentraf, als er ihre zartknochige Hand mit seiner großen, zupackenden Hand schüttelte, schärfte sie sich ein: Bring dieses Thema *nicht* zur Sprache.

Und das tat sie dann auch nicht. Sie erwähnte es erst nach geraumer Zeit.

Dann aber, als die Dinge ihren Lauf genommen hatten, wäre es unsinnig gewesen, das Thema *nicht* zur Sprache zu bringen.

Kichernd hatte sie am Abend zuvor zusammen mit Buffy und Stacey das Horoskop für das Tierkreiszeichen Skorpion im neuesten *Glamour*-Heft gelesen: *Halten Sie sich nicht zu sehr zurück, teilen Sie Ihre Regungen und Wünsche anderen mit! Richten Sie sich doch mal nach* IHREN *Wünschen und setzen Sie* IHRE *Vorstellungen durch! Ihnen steht eine überaus romantische Zeit bevor. Nach einer Zeit voller Enttäuschungen heißt es nun für den Skorpion:* NICHTS WIE *RAN!*

Armer Skorpion, du bist so empfindlich, und du läßt dich so leicht von etwas abbringen.

Jener verdrießliche, hochmütige Gesichtsausdruck, über den sich Artie Kelleher, ihr Vater, so ärgerte; jener selbstzerstörerische Blick, der Madelyn Kelleher, ihrer Mutter, soviel Kummer bereitete: *Ja, ich liebe euch, aber könnt ihr mich denn nicht in Ruhe lassen?*

Armer Skorpion, sechsundzwanzig Jahre und acht Monate alt, doch immer noch mit gewissen Hautproblemen behaftet, wie bei Heranwachsenden! Wie beschämend, wie nervtötend! Ihre dünne, helle Haut war *zu* dünn, *zu* hell. Diese unerklärlichen Ausschläge. Diese Allergien, bei denen sie entzündete Augen bekam. Ja, und dann noch die Akne, die kleinen, fast unsichtbaren, aber verhärteten Pickel an ihrem Haaransatz...

Als ihr Liebhaber sie geliebt hatte, war sie schön gewesen. Als sie schön gewesen war, hatte ihr Liebhaber sie geliebt. So einfach war die Sache, das schien eine Tautologie zu sein, und doch ließ es sich mit dem Verstand nicht ganz ergründen.

Daher wollte sie auch gar nicht den Versuch machen, es zu begreifen. Sie wollte ein neues Leben beginnen, ein neues Abenteuer, ein überaus romantisches Abenteuer, wollte ein unbekümmerter Skorpion sein.

— 7 —

Kelly Kelleher hatte taktvoll vorgeschlagen, der Senator solle doch die Scheinwerfer des Toyota anschalten, und als sie nun auf einer Nebenstraße, die offenbar nicht mehr benutzt wurde, tiefer in das Sumpfland eindrangen, hüpfte und torkelte der Lichtschein bei der hohen Geschwindigkeit des Wagens vor ihnen her, denn der Senator war ungeduldig, brummelte vor sich hin und fuhr ruckartig, ließ das Auto die holperige Straße entlangwippen, ohne sich darum zu kümmern, daß der Rest seines Wodka-Tonic über den Rand des Plastikbechers auf den Sitz schwappte und auf Kelly Kellehers Hüfte, auf das Baumwollgewebe ihrer neuen Sommerbluse. Der Senator verkörperte den Typ des aggressiven Fahrers, sein Gegenspieler war die Straße, die hereinbrechende Dämmerung, die zwischen ihm und seinem Ziel liegende Entfernung und die dahinschwindende Zeitspanne, die ihm blieb, um dieses Ziel zu erreichen. Er drückte gereizt auf das Gaspedal, beschleunigte auf 60 Stundenkilometer und trat dann auf die Bremse, um eine Kurve zu nehmen; daraufhin drückte er wieder aufs Gas, so daß die Reifen leicht durchdrehten, bevor sie in dem sandigen, schlüpfrigen Boden griffen, und dann trat er wieder auf die Bremse. Die ruckartigen, Übelkeit erregenden Bewegungen des Wagens ähnelten einem Schluckauf oder einer Kopulation.

Das glich der Art und Weise, so erinnerte sich Kelly mit Unmut, wie ihr Vater manchmal gefahren war nach einer jener mysteriösen Meinungsverschiedenheiten mit ihrer Mutter, die ihr in der Erinnerung um so geheimnisvoller und bedrückender erschienen, weil sie wortlos verlaufen waren.

Stell keine Fragen. Sitz gerade. So ist's gut. In Ordnung. Du willst doch ein liebes kleines Mädchen sein, oder?

Sie würden im Motel noch spät zu Abend essen. Natürlich mit Zimmerservice. Der Speisesaal wäre zu riskant, auch die Restaurants von Boothbay Harbor, besonders jetzt, auf dem Höhepunkt der Urlaubssaison.

Sie machte sich keine Sorgen, sie dachte nicht nach, die Angst würde schon noch kommen, wenn es dann soweit wäre. Statt dessen war sie wachsam und nüchtern, prägte sich alle Einzelheiten des Abenteuers ein.

Wie die Scheinwerfer in wilden, torkelnden

Schwenks die Straße ausleuchteten, die kaum breit genug war für ein einzelnes Auto, so daß sie, weil dieser Anblick so schön war, hinstarrte auf die sumpfigen Tümpel, die sich zu beiden Seiten kilometerweit zwischen der undurchdringlichen Vegetation hinzogen und wie blanke Spiegelscherben aussahen.

Bei Einbruch der Dämmerung stieg die Dunkelheit aus der Erde empor, während der Himmel noch hell blieb. Der fahle Mond wirkte düster, war platt wie eine Münze. Im Westen rötliche, wie gefärbt aussehende Wolkenfetzen und im Osten, wo der Ozean den Horizont abschloß, ein allmählich ins Nächtliche übergehender Himmel, mit dunklen Stellen wie bei einer überreifen Pflaume.

Verloren, dachte sie.

Ein Abenteuer, dachte sie.

Selbst als ihre Zähne klapperten, weil der Mann neben ihr bremste, Gas gab, noch stärker bremste, noch stärker beschleunigte, dachte sie gelassen, sie empfinde ja überhaupt keine Angst, was sie spüre, sei die Erregung: jener Adrenalinstoß, den sie an diesem Tag schon einmal gespürt hatte, am Strand, als sie merkte, wie wild das Verlangen eines Mannes sein konnte, und sie sich dann schwor: Nein, ich werde *nicht* nachgeben.

Selbst als ihr dieser verwegene, erregende Gedanke durch den Kopf fuhr: Ja, *warum* eigentlich nicht?

Armer Skorpion. Listiger Skorpion.

Sie dachte, wie zufällig sie auf diese Party zum 4. Juli

nach Grayling Island gekommen war. Sie hatte mehrere Einladungen erhalten. Sie hatte nicht lange warten müssen, ob sie zu diesem langen Wochenende eingeladen werden würde. Sie hatte sich aber entschlossen, Buffys Einladung anzunehmen, und nun war sie hier, jetzt saß sie an der Seite des Senators, nahm teil an dieser wilden Hetzjagd zur Fähre in Brockden's Landing und wußte in der hereinbrechenden Dunkelheit nicht einmal richtig, wo dieses *Hier* war.

Du bist eine junge Amerikanerin, es ist dein gutes Recht, DEINE Vorstellungen zum Ausdruck zu bringen und auch mal DEINEN Kopf durchzusetzen.

Kurz bevor der Wagen von der Straße flog, rümpfte Kelly Kelleher die Nase, weil es so komisch roch, wie nach ungeklärten Abwässern.

Kurz bevor der Wagen von der Straße flog, sah Kelly Kelleher, daß sie den Sicherheitsgurt an ihrer Schulter so fest umklammerte, daß ihre Knöchel weiß wurden.

Kurz bevor der Wagen von der Straße flog, sagte Kelly Kelleher schließlich, weil der Senator auf dem rechten Ohr etwas schwerhörig zu sein schien, mit einer unmerklich erhobenen Stimme so taktvoll wie möglich: »Ich glaube, wir haben den Weg verloren, Senator.«

Als kleines Mädchen hatte Kelly einmal laut mit einem Onkel geredet, als die Familie am Erntedankfest beim Essen saß, und obwohl Onkel Babcock sonst immer das eben Gesagte wiederholt haben wollte und fortwährend darüber klagte, daß andere undeutlich redeten, hatte er an Kellys Lautstärke Anstoß genommen: »Kleine, du brauchst nicht zu schreien. Ich bin doch nicht taub!«

Vielleicht hatte sie also auch den Senator gekränkt, denn dieser gab keine Antwort, nippte nur unbeholfen an seinem Plastikbecher, wischte sich den Mund mit dem Rücken seiner braungebrannten Hand und schaute geradeaus, als könne er im Gegensatz zu Kelly durch das düstere Sumpfdickicht hindurch bis zum Ozean sehen, der ja höchstens ein paar Kilometer weit weg sein könnte.

Und dann sagte der Senator, während ein leises, glucksendes Lachen wie Schleim in seiner Kehle saß: »Das ist eine Abkürzung, Kelly. Es gibt nur die eine Richtung, wir können uns unmöglich verfahren haben.«

»Ja«, sagte Kelly ganz vorsichtig, ganz taktvoll, leckte dabei ihre trockenen Lippen und schaute ebenfalls geradeaus, sah dort jedoch nur, wie die Scheinwerfer den Tunnel ausleuchteten, den die Straße, die Vegetation und die aus dem Dunkel hervorglitzernden Spiegelscherben bildeten: »...aber die Straße ist so schlecht.«

»Weil es eben eine Abkürzung ist, Kelly. Da bin ich sicher.«

Kelly! – Ihr Herz klopfte wild, sie wurde rot im Gesicht, als sie ihren Namen, den Namen, den ihr Schulfreundinnen gegeben hatten, aus dem Munde dieses Mannes hörte. So leicht, so vertrauensvoll brachte er ihn über die Lippen, *als ob er mich gut kennen würde, als ob er Zuneigung verspürte für mich.*

Kurz bevor der Wagen von der Straße flog.

— 8 —

»Kelly. Der Name paßt zu dir.«

»Ja? Wieso?«

Ihr Haar flatterte im Wind.

»Wegen deiner grünen Augen. – Sie sind doch grün, oder?«

Er war so groß, war eine so stattliche Erscheinung. Und diese Grübchen, wenn er lächelte, die kräftigen weißen Zähne. Er machte eine lässige Handbewegung, um Kelly Kellehers dunkle Sonnenbrille hochzuschieben und ihre Augen anzusehen, und Kelly kam ihm entgegen, indem sie die Brille selbst hochschob und seinen offenen, prüfenden Blick (die Augen so blau wie blankgeputztes Glas) erwiderte, wenn auch nur einen Moment lang.

Da wurde sein Lächeln ein bißchen unsicher. Als zweifelte er in diesem Moment an sich selbst: an seiner Männlichkeit.

Und dabei murmelte er, was Kelly um so mehr schmeichelte, fast entschuldigend: »Ja, grün – wie nett.«

In Wirklichkeit waren Kelly Kellehers Augen eher grau als grün: Ihr kamen sie kieselsteinfarben vor. Nichts Besonderes an ihnen, immerhin lagen sie weit auseinander, waren groß, anziehend, »normal«. Aber die Wimpern waren so hell, so spröde, so dünn. Wimperntusche verwendete Kelly ungern, doch ohne sie waren die Wimpern kaum sichtbar.

In Wirklichkeit hatten sich Kelly Kellehers Eltern, folglich auch sie selbst, wegen ihrer Augen einst große Sorgen gemacht. Bis das Problem durch eine Operation gelöst wurde.

Kelly hatte von Geburt an unterschiedlich starke Augenmuskeln gehabt, einen Defekt mit der Bezeichnung *Strabismus* (daß es sich dabei um einen Defekt handelte, war unbestreitbar). In ihrem speziellen Fall waren die Muskeln des linken Auges schwächer als die des rechten. Unwissentlich hatte sie in ihren ersten beiden Lebensjahren im Gegensatz zu anderen Menschen nicht ein Bild, sondern zwei Bilder wahrgenommen. Diese visuellen Eindrücke wurden durch die Vielzahl von Einzelheiten noch verwirrender, außerdem überschnitten sie sich auf eine sehr störende und unvorhersehbare Weise, weil das vom linken Auge empfangene Bild oft umherdriftete. Das Kind kompensierte diesen Defekt, indem es sich ganz auf das stärkere rechte Auge verließ, und der linke Augapfel bewegte sich dadurch um so unkontrollierter. Artie und Madelyn Kelleher, die besorgten Eltern, schauten in den ersten zwei Jahren immer wieder die Augen ihres Babys an, fuchtelten mit den Fingern vor seiner Nase herum und stellten Fragen, ohne dabei ihre Besorgnis, ihre Bestürzung und ihre gelegentliche Ungeduld laut werden zu lassen (das galt insbesondere für den armen Daddy, ihm machten »Abnormalitäten« schwer zu schaffen, er legte Wert auf Fitneß, Attraktivität und *Normalität*, zweifellos hatte das, wie er lachend einräumte, mit dem Erbgut zu tun). Sie hatten schließlich den Eindruck, Kelly schaue stets spitzbübisch und eigensinnig nach links, am Betrachter vorbei, selbst wenn sie mit ihrem »guten« rechten Auge dem Gegenüber direkt ins Gesicht blickte, so wie man es von ihr verlangte.

Einer der Ärzte empfahl Übungen und eine strenge Diät, ein anderer sprach sich für eine baldige Operation aus, weil sich der Zustand vermutlich nicht von selbst bessere und bei dem schwächeren Auge mit der Zeit eine bleibende Muskelatrophie entstehen könne. Mami und Oma Ross (die Mutter ihrer Mutter) wollten die Übungen, wollten es mal damit versuchen; man fand dann eine nette Therapeutin, eine junge Frau, die selbst Brillenträgerin war und meinte, Kellys Problem könne durchaus behoben werden. Doch dann vergingen die Wochen und Monate, Daddy konnte es manchmal kaum ertragen, seinen kleinen Liebling anzuschauen, denn er liebte ihn so sehr, wollte ihn vor Schmerz und Leid, vor jedem Ungemach bewahren. Mit einem zornigen Lachen, mit ausgestreckten Armen, als wolle er, wie ein Talkshow-Moderator im Fernsehen, Millionen von anonymen Zuschauern auffordern, an seiner Verwirrung, ja sogar an seinem Abscheu und seiner Bestürzung teilzuhaben, klagte Artie Kelleher, was für eine Ironie das sei: Geschäftlich herrsche bei ihm Hochkonjunktur, es gehe aufwärts wie in einem Fahrstuhl, in diesen frühen sechziger Jahren expandiere die Wirtschaft, gerade im Baugewerbe, bei Immobilien, alles sei im Aufschwung begriffen, geschäftlich gehe es ihm blendend, doch sein Privatleben, seine häuslichen Belange habe er *nicht unter Kontrolle*!

Weil er dabei im Rahmen blieb und sich bemühte, nicht laut zu werden (Kelly hielt sich manchmal in Hörweite auf), wollte Mami genauso reagieren, aber ihre Stimme bebte, und ihre Hände zitterten leicht, was aber dennoch auffiel, weil sie so schöne Hände mit so prächtigen Ringen hatte: einen Diamantenkranz und einen Jadestein in einer antiken Goldfassung. Und Daddy wies darauf hin, er denke eben auch an die Zukunft: »Was sollen wir denn machen, wenn die Übungen nichts bewirken? Es sieht ja nicht danach aus, als ob dabei etwas herauskäme, oder? Du mußt dir das mal vorstellen, Madelyn: Wenn sie zur Schule geht. Du weißt doch genau, die anderen Kinder werden sie hänseln, die werden sie für eine ulkige Nummer halten. Kannst du das verantworten? Willst du, daß es so weit kommt?« Da brach Mami in Tränen aus: »Nein! Nein! Auf keinen Fall! Wie kannst du nur so etwas sagen!«

Und bald darauf (es war ein normaler Arbeitstag, aber Artie Kelleher nahm sich den Vormittag frei) fuhr das Ehepaar Kelleher mit dem kleinen Mädchen in die

Stadt, von dem ländlichen Vorort Gowanda Heights in Westchester County, New York, brauchte man dazu vierzig Minuten, und im Beth Israel Hospital an der von Bäumen gesäumten East End Avenue wurde Elizabeth Anne Kellehers »schlechtes« Auge endlich operiert und in Ordnung gebracht. Obgleich die Genesung nicht ganz so schmerzlos verlief, wie man versichert hatte, erholte sie sich rasch, und von da an war das Auge, war das Augenpaar und das ganze Mädchen allem Anschein nach normal.

— 9 —

»... verloren, Senator. Diese Straße ist so ...«

»Mach dir doch darüber keine Gedanken, Kelly«, sagte er mit einem Seitenblick, bei dem er lächelnd die Winkel seiner geröteten Augen zusammenkniff. »Wir schaffen das schon, wir kommen noch rechtzeitig hin.«

Dabei schwappte der Inhalt des Plastikbechers über den Rand und spritzte auf Kelly Kellehers Bein, bevor sie etwas dagegen unternehmen konnte.

Der Senator war im Jahr 1988 bei der Nominierung zur Präsidentschaftswahl einer der drei Spitzenkandidaten der Demokraten gewesen, aber er hatte sich aus politischen Erwägungen zurückgezogen und seinen Delegierten empfohlen, für seinen alten Freund zu stimmen, den Gouverneur von Massachusetts.

Dukakis hatte daraufhin den Senator gebeten, zusammen mit ihm für die Demokraten ins Rennen zu gehen. Doch dieser hatte höflich abgelehnt.

Die nächste Präsidentschaftswahl käme ja auch noch in Frage, eventuell auch die übernächste. Der Senator war zwar nicht mehr jung, aber auch nicht zu alt: elf Jahre jünger als George Bush.

Ein Mann, der dem Höhepunkt seiner Karriere entgegenging, konnte man sagen.

Kelly Kelleher konnte sich schon vorstellen, wie sie den Senator im Präsidentschaftswahlkampf unterstützen würde. Zuvor würde sie jedoch dazu beitragen, daß er beim Wahlkonvent der Demokraten nominiert würde. In der Enge des dahinratternden Toyota, als ihr Verstand nach einem ereignisreichen Tag schläfrig geworden war, konnte sich Kelly Kelleher dieser Phantasievorstellung hingeben, obwohl sie sonst nicht so leicht ins Schwärmen geriet.

Gerade so, als ahnte sie schon das Abenteuer, hatte sich Kelly am Abend zuvor ausnahmsweise die Zeit genommen, ihre Fingernägel zu feilen und zu lackieren. In einem blassen, korallenfarbenen Ton. Dezent, geschmackvoll. Passend zu ihrem Lippenstift.

»Es gibt nur die eine Richtung«, sagte der Senator lächelnd, mit der Miene dessen, der etwas ganz Offenkundiges erläutert. »Wir sind schließlich auf einer Insel.«

Kelly lachte, ohne daß sie genau wußte, wieso.

Sie saßen wie ein Paar in dem dahinpreschenden Wagen, obwohl sie sich erst kurz zuvor kennengelernt hatten. Sie hatten sich heimlich davongemacht, aber sie kannten einander so gut wie gar nicht.

Kelly Kelleher wußte deshalb nicht, wie sie den Fahrer des Toyota anreden sollte; kein Name kam ihr spontan über die Lippen, als schwarzes Wasser über die zerbeulte Motorhaube des Wagens flutete, auf die zerborstene Windschutzscheibe schwappte und auf das Dach, als es plötzlich ganz dunkel wurde, so als recke sich der Sumpf empor, um sie zu verschlingen.

Das Radio ging sofort aus. Die Musik, die an ihnen vorbeigezogen war, verstummte, als hätte es sie nie gegeben.

Sie waren an diesem Nachmittag gegen zwei Uhr zusammengetroffen. Rein zufällig, in dem Ferienhaus am Meeresstrand, das Mr. und Mrs. Edgar St. John aus Old Lyme, Connecticut, gehörte, die aber nicht auf der Party waren; als Gastgeberin fungierte Kellys Freundin Buffy St. John, mit der sie an der Brown University ein Zimmer geteilt hatte. – Buffy war Kellys beste Freundin.

Buffy St. John war wie Kelly Kelleher sechsundzwanzig Jahre alt und arbeitete ebenfalls für eine in Boston erscheinende Zeitschrift. Das Magazin *Boston After Hours,* bei dem Buffy tätig war, unterschied sich jedoch stark vom *Citizens' Inquiry,* für den Kelly schrieb, und man konnte Buffy als die weltgewandtere von beiden bezeichnen, als die erfahrenere, die »abenteuerlustigere«. Buffy lackierte sich sowohl die Fingernägel als auch die Fußnägel in auffallenden Grün-, Blau- und Rottönen, und die Kondome, die sie mit sich führte, mußten oft durch neue ersetzt werden.

Mit Nachdruck, als stünde ihre eigene Integrität auf dem Spiel, dementierte Buffy später alle Spekulationen, daß der Senator (ein verheirateter Mann) und Kelly Kelleher zum Zeitpunkt des Unfalls ein Liebespaar gewesen seien; die beiden hätten sich tags zuvor noch gar nicht gekannt, das könne sie beschwören, und Ray Annick ebenfalls: Der Senator und Kelly Kelleher seien damals, bei jener Party am Nationalfeiertag, erstmals zusammengetroffen.

Kein Liebespaar. Nicht einmal befreundet. Nur zwei Leute, die einander gerade kennengelernt hatten und sich anscheinend zueinander hingezogen fühlten.

Auch andere, die Kelly Kelleher gut kannten, bestanden später darauf: Sie und der Senator seien einander nie zuvor begegnet, sonst hätte sie das ihnen gegenüber bestimmt erwähnt.

Kelly Kelleher sei nicht der Typ gewesen, der einen hinters Licht führte und seine Geheimnisse hatte.

»Wir kannten sie doch genau. *Sie war einfach nicht der Typ dafür.*«

Die beiden waren also eben erst zusammengetroffen. Folglich kannten sie einander so gut wie gar nicht.

Wer würde denn mit einem Fremden zusammen auf diese Art sterben wollen, eingeklemmt in einem versinkenden Auto?

Sie hatten auch beruflich nichts miteinander zu tun, teilten jedoch gewisse politische Überzeugungen, gewisse liberale Standpunkte. Kelly Kelleher stand in keinem Beschäftigungsverhältnis zu dem Senator und war auch vorher nie für ihn, seinen Stab oder sein Wahlkampfbüro tätig gewesen. Es stimmte aber durchaus, daß sie seit ihrem Studienabschluß für einen alten Bekannten des Senators gearbeitet hatte, einen politischen Mitstreiter aus den sechziger Jahren, aus der Zeit von Bobby Kennedys turbulenter Wahlkampagne, jener längst vergangenen Zeit, als die Demokratische Partei Macht, Entschlußkraft, Autorität, Zuversicht und Jugendlichkeit besessen hatte; damals hatte man, so schrecklich die Lage in Vietnam und im eigenen Land auch gewesen war, nicht damit gerechnet, daß sie noch schlimmer werden könnte.

Im Juni 1968, als Bobby Kennedy ermordet wurde, war Kelly Kelleher knapp vier Jahre alt gewesen. Sie konnte sich, wie sie offen zugab, an diese Tragödie überhaupt nicht mehr erinnern. Carl Spader, ihr Arbeitgeber, pflegte jedenfalls zu sagen: *Wenn du in der Politik bist, bist du ein Optimist. Bist du kein Optimist mehr, bist du auch nicht mehr in der Politik. Wenn du kein Optimist mehr bist, bist du tot.*

Schon zu Beginn der Fahrt, auf der holprigen Derry Road und der Post Road (einer zweispurigen Landstraße mit schwarzem Belag, einer der wenigen befestigten Straßen der Insel), hörten sie kurze Zeit Autoradio, rechts von Kelly tauchte plötzlich ein stark verwitterter Wegweiser auf mit einem halben Dutzend Ortsnamen, die weder Kelly noch der Senator entziffern konnten, wenngleich sie dies undeutlich wahrnahmen:

BROCKDEN'S LANDING 5,5 km

Der Senator war bester Laune, pfiff gerade vergnügt durch seine großen, regelmäßigen, überkronten, weißen Zähne. Etwas beeinträchtigt vom Dröhnen der Klimaanlage (die der Senator eingeschaltet hatte, sobald der Schlüssel im Zündschloß steckte) ertönte aus den Radiolautsprechern im Rücksitz des Wagens die traurige, auf die Tränendrüsen drückende Version eines Songs, der Kelly Kelleher nicht recht geläufig war. Er sagte seufzend und mit einem sentimentalen Wohlgefallen: »Mein Gott, das ist ja wie in alten Zeiten!«

Keineswegs vorwurfsvoll, sondern eher neckisch sagte der Senator dann zu Kelly, indem er ihren Arm drückte: »Ich glaube, du kennst das gar nicht, oder?«

Kelly hörte sich die Musik an. Gern hätte sie die lärmende Klimaanlage eine Stufe niedriger gestellt, doch sie traute sich nicht, es war ja schließlich der Wagen des Senators, und sie war seine Beifahrerin. Artie Kelleher hatte eines nicht ausstehen können: daß ein Beifahrer am Armaturenbrett herumhantierte, wenn er am Steuer saß.

Kelly Kelleher sagte zaghaft: »Doch, ich kenne das schon. Aber der Titel fällt mir nicht ein.«

»Ein alter Beatles-Song: ›All the Lonely People‹.«

»Ach«, sagte Kelly mit einem vergnügten Kopfnikken. »Stimmt.«

Diese Version war allerdings ohne Gesang, es war New-Age-Musik. Synthesizer, Effektgeräte. Musik wie Zahnpasta, die ganz langsam aus einer Tube gedrückt wird.

»Aber ich wette, du bist kein Beatles-Fan, oder?« sagte der Senator in demselben neckischen Ton. »Zu jung.« Das war nicht als Frage, sondern eher als Feststellung gemeint. Der Senator hatte nämlich, wie Kelly bemerkt hatte, die Angewohnheit, Fragen zu stellen, die in Wirklichkeit Feststellungen waren, und sich dabei schon dem nächsten Thema zuzuwenden. So wie jetzt, als auf einmal etwas Neues auftauchte: »Hier müssen wir abbiegen!« Er bremste den Toyota ab, riß das Steuer scharf herum, ohne daß er noch Zeit gehabt hätte, den Blinker zu betätigen. Ein wütender Autofahrer, der direkt hinter ihnen war, drückte deshalb auf die Hupe, doch der Senator beachtete das nicht; nicht weil er arrogant oder stolz, sondern einfach, weil es ihm egal war.

Der stark zerfurchte, ins Sumpfland führende Sandweg hieß bei den Einheimischen »Old Ferry Road«, doch gab es schon seit Jahren keine entsprechende Beschilderung mehr.

Genaugenommen hatte sich der Senator zum Zeitpunkt des Unfalls nicht verfahren: Er hatte durchaus die richtige Richtung nach Brockden's Landing eingeschlagen, nur hatte er unwissentlich eine Straße gewählt, die seit der Fertigstellung der neuen, asphaltierten Ferry Road nicht mehr benutzt wurde. Die richtige Abzweigung lag etwa einen Kilometer hinter der Abzweigung zur alten Verbindungsstrecke.

Seinen Becher hatte er jetzt ausgetrunken, und Kelly reichte ihm den Drink, den sie für ihn mitgenommen hatte: für unterwegs.

Sie waren eben erst zusammengetroffen, sie kannten einander so gut wie gar nicht. Und doch verstanden sie sich auf Anhieb.

So ist das eben: Man sonnt sich im Glanze der Aufmerksamkeit, die einem plötzlich zuteil wird, schaut einander in die Augen, das spielt sich mit einer Leichtigkeit ab, als glitte man in warmes Wasser. Hier die makellos schöne Frau, die sich schmachtend räkelt, als läge sie im Bett; das lange, lockige rote Haar sinnlich ausgebreitet, makellose, berückende Haut, ein schöner roter Mund und ein Gewand aus prächtigem Goldlamé, das sich an ihre Brüste, ihren Bauch und ihre Scham schmiegt und alles mit glitzernden Fältchen abformt. Der Liebhaber reckt sich vor ihr in die Höhe, blickt auf sie hinunter, die Frau sieht sein hübsches, gebräuntes Gesicht im Emporschauen etwas verschwommen. Sie braucht nicht zu lächeln, sie selbst stellt ja eine Aufforderung dar, denn unter dem Gewand aus Goldlamé ist sie nackt, sie reckt ihm ihre schlanken Hüften ein klein wenig entgegen, nur andeutungsweise, nur eine Idee weit, andernfalls wäre die Reklame ja vulgär. Das Parfüm in dem glitzernden Fläschchen heißt OPIUM, das Parfüm ist OPIUM, es wirkt wie OPIUM, es wird Sie ganz verrückt machen, er wird den Verstand verlieren, Sie werden beide süchtig danach, erhältlich ist es in folgenden Geschäften...

Und als sie durch die Dünen streiften, als Kellys Haar im Wind flatterte, als die weißen Schwingen der Möwen über ihnen aufblitzten und die Brandung unablässig ans Ufer schlug, gleichmäßig wie das Pochen des Blutes in den Lenden – wie selbstsicher er da seine Finger in ihre Schulter grub, wie schüchtern und doch gierig ihre Reaktion war: *Das darf doch nicht wahr sein!* dachte sie, doch sie dachte auch: *Es wird etwas geschehen, und es gibt kein Zurück.*

10

Die dünne rote Tachonadel kletterte nach oben und zeigte über 60 an, als der Toyota in eine Spurrille voller Sand kam und plötzlich ins Schleudern geriet. Der Senator trat sofort auf die Bremse und fluchte dabei leise vor sich hin. Die Schlitterpartie ging jedoch noch schneller und noch stärker weiter, als ob das Fahrzeug, das bisher so gehorsam gewesen war, so kinderleicht zu bedienen, durch das Bremsmanöver widerspenstig geworden wäre und eine wilde Achterbahnfahrt inszenieren wollte mit jener bis tief in die Eingeweide gehenden Anspannung. Und dann kam das Auto unversehens von der Straße ab, schlitterte seitwärts und begann sich zu drehen, wobei sich das rechte Hinterrad vorwärts und das linke Vorderrad rückwärts bewegte. Kaum war die Leitplanke aus dem Dunkel aufgetaucht, da zerbarst sie auch schon; meterhohe, besenartige Blütenstände tragende Binsen klatschten kreischend an die Fenster, Glas zersprang, spinnwebartig, Erschütterungen wie bei einem Erdbeben, dann war der Wagen im Wasser. Einen seichten Bach, einen Graben hätte man da vermutet; man hätte annehmen dürfen, daß das Auto nur steckenbleiben und nicht untergehen würde. Doch nun schwappte schwarzes, schäumendes Wasser über die zerbeulte Motorhaube, über die Windschutzscheibe und das Dach, das auf der Beifahrerseite stark eingedrückt war. Auch die Tür auf der Beifahrerseite war eingedellt wie jene Aluminiumdose mit Miller-Bier, die einer der jungen Burschen am Strand zerquetscht hatte. Aber sie konnte weder genug Atem holen, um zu schreien, noch hatte sie einen Namen, mit dem sie ihn hätte rufen können, einen Namen, der ihr leicht und spontan über die Lippen gekommen wäre.

11

Sie war am frühen Nachmittag des 4. Juli erstmals mit dem Senator zusammengetroffen. Buffys Liebhaber Ray Annick, ein mit dem Senator befreundeter Rechtsanwalt, der in Andover mit ihm zur Schule gegangen war, hatte sie miteinander bekannt gemacht. Kelly Kelleher war vorsichtig gewesen, ziemlich zurückhaltend. Insgeheim skeptisch. Sie sah sich den berühmten Mann an, der gerade mit Elan und Begeisterung Hände schüttelte, mit entzückter Miene, als wäre er nur deswegen Hunderte von Kilometern gereist: um diesem und jenem die Hand zu geben. Sie stand ein wenig abseits und dachte: *Er ist einer von denen, die andauernd auf Wahlkampftournee sind.*

In den darauffolgenden Stunden änderte Kelly ihre Meinung über den Senator grundlegend.

Ob Kelly Kelleher sich im Laufe jener sechs Stunden in den Senator verliebte, läßt sich nicht beurteilen; ob der Senator sich in sie verliebte, steht genausowenig fest, denn das sind Privatangelegenheiten, die niemand ergründen kann. Und wie die Zukunft ausgesehen hätte, wird (im Gegensatz zu dem, was in jener Nacht geschah) für immer unerforschlich bleiben.

Eines steht jedoch fest: Kelly änderte ihre Meinung.

Als sie im Bad des Gästezimmers stand (in welchem sie am 4. Juli nochmals übernachtet hätte, wenn sie nicht überstürzt aufgebrochen wäre, um mit dem Senator aufs Festland zurückzureisen) und sich lächelnd in einem Spiegel betrachtete, dachte sie, wie lehrreich, wie heilsam es doch sei, zu merken, daß man fehlbar war, daß man unrecht gehabt hatte.

Selbst wenn der Gegenbeweis ganz subjektiv, rein privater Natur war.

Selbst wenn derjenige, den man so falsch eingeschätzt hatte, nichts davon erfahren würde.

»Wie war Ihr Name? Kelly? Oder Callie? Richtig: *Kelly.*«

Es war einfach absurd, daß sie Herzklopfen bekam wie ein junges Mädchen, als sie ihren Namen aus dem Munde des Senators hörte; Kelly Kelleher war schließlich eine erwachsene Frau, die schon viele Liebhaber gehabt hatte.

Mehrere jedenfalls.

Seit ihrem Studienabschluß an der Brown University hatte sie immerhin *eine* feste Beziehung gehabt – doch davon redete sie nie.

(»Wieso schweigst du dich denn aus über G.?« fragten Kellys Freundinnen Buffy, Jane und Stacey – nicht, weil sie sich einmischen wollten, sondern einfach, weil sie besorgt waren um Kellys Wohl. Sie legten ihr Schweigen als Liebeskummer aus, ihre zynische Haltung gegenüber Männern als Niedergeschlagenheit oder Mutlosigkeit. Weil Kelly sich entschieden weigerte, die auf dem Anrufbeantworter aufgezeichneten Telefonate zu beantworten, weil Kelly manchmal für sich sein wollte, dachten ihre Freundinnen, sie sei *selbstmordgefährdet;* das besprachen sie jedoch nur untereinander und nie mit Kelly.)

Der Senator: Was für eine stattliche Erscheinung! Wie er aus dem schwarzen Mietwagen stieg, dem Toyota: locker und energiegeladen wie ein junger Bursche, lächelnd. Und wie er dann alle grüßte, während das Gemurmel in Windeseile umging: *Er ist es! Großer Gott, ist er das wirklich?* Ein jugendliches Feuer umgab ihn wie eine Aura.

Ray Annick hatte den Senator nach Grayling Island eingeladen, Buffy wiederum hatte ihren Gästen vorsichtig beigebracht: »Ich rechne eigentlich nicht damit, daß er kommt. Ich bin sicher, daß er wegbleibt.«

Dieser Mann war dynamischer, überzeugender (*charismatisch* lautete das abgegriffene Wort), als seine Fernsehauftritte vermuten ließen. Zum einen war er groß und schwer: einen Meter neunzig lang, bei einem Gewicht von knapp zwei Zentnern. Für einen Mann Mitte Fünfzig hielt er sich gut; er hatte den Körperbau eines Exathleten, dessen Muskeln Fett angesetzt hatten, und stand wie ein Sportler behend auf den Beinen. Selbst wenn er sein Gewicht auf die Fersen verlegte (er trug bequeme, beigefarbene, ziemlich abgenutzte Segeltuchschuhe der Marke L.L.Bean), hatte er eine selbstsichere, sprungbereite Haltung. Sein breites Gesicht sah mitgenommen, aber attraktiv aus, die Augen hatten ein ganz durchsichtiges Blau, die Nase war etwas geädert, aber gerade, wie in Stein gemeißelt, und so wirkten auch der Kiefer, das Kinn und das bekannte Profil.

Er zupfte an seiner Krawatte, lockerte den Kragen seines weißen, langärmeligen Baumwollhemdes und sagte: »Die Party hat also schon ohne mich angefangen, wie?«

Er erwies sich als ein sehr warmherziger, wirklich netter Mensch, der überhaupt nicht herablassend war, so begann Kelly Kelleher, als sie in Gedanken ihren Bericht von jenem denkwürdigen 4. Juli auf Grayling Island zusammenstellte. *Er redete mit jedem von uns, als wären wir nicht nur ihm gleichgestellt, sondern sogar alte Freunde.*

Er küßte sie auch. Doch das geschah später.

— 12 —

Kelly Kelleher wußte Bescheid über Politiker, sie war nicht auf den Kopf gefallen. Sie kannte sich aus, nicht nur, weil sie an der Brown University amerikanische Geschichte und Politik studiert hatte.

Arthur Kelleher, ihr Vater, war seit seiner Schulzeit ein enger Freund und seit vielen Jahren auch ein Golfpartner von Hamlin Hunt, dem republikanischen Kongreßabgeordneten. Selbst wenn die Geschäfte bei Mr. Kelleher nicht so gut liefen (und seit dem Börsenkrach schienen sie nicht besonders flott zu laufen), unterstützte er »Ham« Hunt im Wahlkampf, war er Mitorganisator der aufwendigen Dinners im Gowanda Heights Country Club zugunsten von Hunts Spendenfonds. Und es erfüllte ihn mit kindlichem Stolz, daß er in seiner Gegend wie auch im gesamten Bundesstaat zu Veranstaltungen der Republikanischen Partei eingeladen wurde.

Der Kongreßabgeordnete, den Kelly seit ihrer Grundschulzeit kannte, galt seit einiger Zeit als eine umstrittene, »schillernde« Persönlichkeit; er war häufig in Talkshows zu sehen und wurde oft in den Nachrichtensendungen interviewt als konservativer Außenseiter, der sich über jeden Aspekt des Liberalismus abfällig äußerte – nur nicht über die Abtreibung, denn diese befürwortete Ham Hunt.

(Privatim vertrat Hunt die Auffassung, wenn man Amerika retten wolle, sei Abtreibung das beste Mittel im Hinblick auf die demographische Entwicklung – nämlich für Schwarze, Hispanoamerikaner und Mütter, die schon in jungen Jahren schwanger wurden und dann von der Sozialfürsorge lebten. Es müsse etwas geschehen, man müsse handeln. Abtreibung sei die Lösung, das sei die beste Methode, um das Bevölkerungswachstum unter Kontrolle zu halten, und die weiße Mehrheit müsse sich diesen Standpunkt zu eigen machen, bevor es zu spät sei: »Ich weiß, wovon ich rede. Ich habe mir Kalkutta angeschaut und Mexico City. Ich habe die südafrikanischen Townships gesehen.«)

Einmal schrie Kelly ihren überraschten Vater an: »Wie kannst du nur so einen Mann wählen! Einen Faschisten! Einen Nazi! Mein Gott, was er verlangt, ist nichts anderes als Völkermord!« Und Mr. Kelleher starrte sie an, als hätte sie ihm ins Gesicht geschlagen.

»Mutter, wie kann er nur? Und *du*...?« fragte Kelly ihre Mutter in einem ruhigeren Augenblick, und Mrs. Kelleher betrachtete ihre ungestüme Tochter mit einem plötzlichen Gefühl von Stolz, nahm sie bei der Hand und sagte gefaßt: »Meine liebe Kelly, bitte, woher willst du denn wissen, wen *ich* wähle?«

Bei der vorangegangenen Präsidentschaftswahl hatte Kelly die zum Scheitern verurteilten Bemühungen des Gouverneurs Dukakis unterstützt. Erst wenige Wochen vor dem Wahltag sah sie ein, daß Dukakis wahrscheinlich scheitern würde mit seiner Bewerbung. Aber jedesmal, wenn sie George Bush sah oder hörte, kam es ihr ganz selbstverständlich vor, daß er von jedem, der ihn sah oder hörte, abgelehnt werden würde. Welch offensichtliche Heuchelei, welche Korruptheit! Wie plump er vorging! Wie ungebildet er war! Schlimm, wie er sich die Angst der Weißen vor den Schwarzen zunutze machte! Und seine CIA-Vergangenheit! Seine heuchlerische Frömmigkeit! Das fehlende innere Engagement! Deshalb hatten auch ihre Mitstreiter in der Wahlkampfzentrale in Cambridge offenbar nicht begriffen, daß die Demokratische Partei einer Niederlage entgegenging, auch wenn die Meinungsumfragen gerade dies nahelegten und sogar der

Präsidentschaftskandidat Dukakis eine verdrossene, reuige Miene hatte und einen starren Blick.

»Mein Gott, Kelly! Wie konntest du bloß deine Zeit und deine Kraft vergeuden für dieses Arschloch!« brüllte Artie Kelleher ins Telefon. Als die Ergebnisse einliefen, als die haushohe Niederlage feststand und das Unvorstellbare einfach zu einer geschichtlichen Tatsache wurde, so wie manches, das man für undenkbar hielt, Teil der Geschichte und damit denkbar wird, hatte Kelly seit Tagen so gut wie nichts gegessen und nicht geschlafen. Sie spürte eine so tiefe und scheinbar unpersönliche Verzweiflung, daß sie auf den Straßen und schließlich auf der Boston Common umherging – zerzaust, benommen, mit der Andeutung eines Lächelns, ganz elend vor Hunger und Übelkeit. Und sie erblickte Gestalten, die keine menschlichen Wesen waren, sondern dicke, unförmige Kreaturen, die aufrecht gingen und bekleidet waren... Bis sie weinend zusammenbrach, bis sie fortrannte und schließlich ihre Mutter anrief und sie anflehte: »Bitte, bitte, komm und hol mich; ich weiß nicht mehr, wo ich bin.«

— 13 —

Sie war das Mädchen, das er ausgesucht hatte, mit ihr, der Beifahrerin in dem gemieteten Toyota, sollte es passieren.

Sie krallte sich an etwas fest, von dem sie umschlungen wurde wie in einer Umarmung, während das schwarze Wasser tosend und wirbelnd an ihr emporstieg, ihr in die Augen spritzte, als es ihr nun gelang zu schreien, als sie genug Atem geholt hatte für einen Schrei, als sie endlich hustend und spuckend schrie, während der Toyota auf der Beifahrerseite hinabsank in das aufgewühlte, schmutzig-trübe Wasser.

Ins Taufregister war sie als »Elizabeth Anne Kelleher« eingetragen worden. Und im Impressum des *Citizens' Inquiry,* der zweimal wöchentlich erscheinenden Zeitschrift der gleichnamigen Stiftung, wurde sie ebenfalls als »Elizabeth Anne Kelleher« aufgeführt.

Ihre Freunde nannten sie »Kelly«.

Er und sie verstanden sich auf Anhieb, wie das bisweilen vorkommt: ganz unerwartet.

Nachdem er sie vergnügt angelächelt, ihre Hand ergriffen und diese ein klein wenig zu stark gedrückt hatte, wie das Männer manchmal unbewußt tun, wie es manche Männer manchmal tun, weil sie es nötig haben, den nadelstichartigen Schmerz in den Augen zu *sehen* und zu *spüren,* und wie die Pupillen sich verengen.

Wie G. ihr manchmal weh getan hatte, als er mit ihr schlief. Ohne daß er es merkte.

Sie hatte aufgeschrien, hatte nach Luft geschnappt und kurze, helle Schreie ausgestoßen; sie hatte geschluchzt und hatte ihre Stimme wie von fern gehört, wild und flehend, aus den Ecken des abgedunkelten Zimmers hallend: »Oh, ich liebe dich, ich liebe dich, ich liebe dich so sehr.« Ihre schweißnassen Körper klatschten gegeneinander, saugten sich aneinander fest, das schweißnasse Haar klebte an ihren Köpfen. *Du willst doch ein liebes kleines Mädchen sein, oder?*

Sein Gewicht lastete auf ihr, er hielt sie umschlungen; sie legte ihre Beine um seine Hüften, dann zog sie die bebenden Knie mühsam bis zu den Schultern hoch, damit er ganz tief in sie eindringen konnte (»Ja! Ja! So! O Gott!«), und sie wußte, daß G. die Zähne bleckte bei jenen Grimassen, bei jenem Totenkopftriumph, von dem sie ausgeschlossen war.

Kurz bevor es vorbei war, hatte er leise gesagt: »Ich möchte dir nicht weh tun, Kelly, ich hoffe, du weißt das.« Und Kelly hatte lächelnd geantwortet: »Ja, das weiß ich.« So, als wäre dies eine zwanglose Unterhaltung, eines von ihren gemütlichen, freundschaftlichen Gesprächen. Waren sie denn nicht mehr als ein Liebespaar, waren sie einander nicht wahre Freunde? Sie küßte ihn, er schlang den Arm um sie und begrub sein warmes Gesicht an ihrem Hals. Sie war ganz still und dachte: Und kann ich dir denn nicht weh tun? Habe ich nicht die Macht, *dir* weh zu tun? Dabei wußte sie genau, daß sie diese Macht nicht mehr hatte.

Der Winternachmittag ging vorüber. In den Ecken des Zimmers stiegen Schatten auf, für Kelly wurde es ein Raum, den sie nicht kannte. G. drückte seinen Kopf an ihren Kopf und sagte: »Ich wußte, daß dir das klar war. Aber ich wollte ganz sicher sein.«

Und was hielt sie jetzt fest? Ein Band? Gurte um ihre Brust und ihre Hüften? Hatte sich ihr linker Arm in einem dieser Gurte verheddert? Mit der Stirn war sie gegen etwas geprallt, das sie nicht gesehen hatte; es war stockfinster, sie blinzelte, verdrehte die Augen, um besser sehen zu können, sie nahm nichts wahr. Und in den Ohren ein Dröhnen wie von einem Düsenflugzeug und eine Männerstimme mit dem fassungslosen »O Gott. O Gott. O Gott«.

Das war sie und niemand anderes, sie war die Beifahrerin, sie war es, die von den Sicherheitsgurten festgehalten wurde; nein, das lag an der verbogenen Tür und an dem eingedrückten Dach. Hatte sie den Kopf nach unten? War sie nach rechts gedrückt worden? Wo war denn oben und unten? In welcher Richtung ging es aufwärts? Und wo war die Luft? Die Last seines Körpers, der auf sie gefallen war; auch er mühte sich ab, schnappte nach Luft, und eine Männerstimme, die Stimme eines Fremden, flehte seufzend: »O Gott.« Wer würde denn auf diese Art sterben wollen, in schmutzigtrübem schwarzem Wasser, zusammen mit einem Fremden, doch ihr rechtes Bein war eingeklemmt, steckte fest wie in einer Klammer, ihre Kniescheibe war eingedrückt worden, doch sie spürte keinen Schmerz. Vielleicht hatte sie einen Schock, vielleicht war sie schon gestorben. So jung! So jung! Das schwarze Wasser strömte in ihre Lunge, füllte ihre Lungenflügel, ihr Gehirn würde keinen Sauerstoff mehr bekommen, die Gedanken würden verlöschen. Sie konnte aber immer noch klar und sogar logisch denken: *Das passiert alles gar nicht.*

Sie hatte vergessen, wer dieser Mensch war, dieser Mann, dessen Gewicht auf ihr lastete. Auch er griff um sich, er strampelte mit den Beinen und versuchte krampfhaft, aus dem umgestürzten Auto herauszukommen.

Diese markante Stimme, die einem Fremden gehörte: »O Gott!«

Wäre der mit überhöhter Geschwindigkeit fahrende Toyota nicht in der Haarnadelkurve außer Kontrolle geraten (den Rutschspuren und dem beträchtlichen Sachschaden nach zu urteilen, betrug das Tempo gut 70 Stundenkilometer), dann wäre er höchstwahrscheinlich weiter vorn gegen das Geländer der schmalen Brücke geprallt und hinuntergestürzt – mit ähnlichen Folgen. Solche Überlegungen stellte man später an.

Das rasch dahinströmende Flüßchen hieß Indian Creek. Kaum zu glauben, daß es überhaupt einen Namen hatte. In dem feuchten Brachland, in dem unberührt daliegenden Sumpf, in dem es vor Moskitos wimmelte, wo überall Insekten zirpten in einem hochsommerlichen Fortpflanzungstaumel.

Man hätte dort kein Flüßchen erwartet, das stellenweise über drei Meter tief und sechs Meter breit war und in Richtung Nordosten floß, um sich etwa drei

Kilometer östlich von Brockden's Landing in ein Tidegewässer des Atlantiks zu ergießen.

Werde ich sterben? So?

Und es gab keine Zeugen. Auf der Old Ferry Road befanden sich keine weiteren Autofahrer.

Als sollte dies die Strafe sein für ihr Verhalten, dafür, daß sie *nicht sie selbst gewesen war, sich nicht wie Kelly Kelleher benommen hatte.* Doch sie verwarf diesen Gedanken, sie war nicht abergläubisch, nicht einmal an den Gott der Anglikaner glaubte sie.

Er hatte sie ausgesucht, das war von Anfang an klar. Wie rasch sie ein harmonisches Verhältnis zueinander hatten! Wie unbeschwert sie sich anlächelten! Und dabei war sie etwa so alt wie seine Tochter!

Ja, das hatte die anderen überrascht. Zumindest einige von ihnen. Diejenigen, die im Bilde waren. Buffy St. John war enttäuscht, als sie ihr sagten, sie wollten weg, um die 20.20-Uhr-Fähre nach Boothbay Harbor zu erreichen.

Tatsächlich hatte der Senator, wie Buffy sich später erinnerte, die Fähre zuvor nehmen wollen. Aber irgendwie seien sie nicht rechtzeitig fortgekommen. Der Senator habe noch ein oder zwei Drinks zu sich genommen.

Der Senator und seine Beifahrerin Kelly Kelleher verließen die Party in der Derry Road 17 gegen 19.55 Uhr. Sie hatten also fünfundzwanzig Minuten Zeit, um zur Fähre zu gelangen, was ausreichte, wenn man schnell fuhr und den richtigen Weg nahm.

In die Old Ferry Road abzubiegen, war falsch, doch es war ein verständlicher Fehler. Um in der Abenddämmerung einen solchen Fehler zu machen, brauchte man nicht *unter Alkoholeinfluß* zu stehen.

Die Old Ferry Road, die von der Gemeinde Grayling nicht mehr instandgehalten wurde, hätte offiziell gesperrt werden sollen.

Über einhundertzwanzig Hektar des Sumpflandes waren mit staatlicher Hilfe als Naturschutzgebiet von Grayling Island erhalten worden. Dort gab es Vögel wie den Wassertreter, den Ziegenmelker und den Mauersegler; Entenarten, die von der Wasseroberfläche aus nach Futter suchten wie auch Tauchenten; verschiedene Reiher, darunter den großen Blaureiher; es gab Seeschwalben, Regenpfeifer, viele Arten von Spechten, außerdem Drosseln und Prachtmeisen sowie die häufig vorkommenden Vögel des amerikanischen Nordwestens. Es gab Sumpfpflanzen wie Rohrkolben, Strandhafer, Seggen, Wollgras, Laichkraut, Binsen und Schilfgräser, Aronstabgewächse, Sumpfdotterblumen, Pfeilkraut und Sumpfcalla. Kelly Kelleher hatte in Buffys Ferienhaus ein Merkblatt für Touristen überflogen und einiges über das ein paar Kilometer entfernte Naturschutzgebiet erfahren. Buffy sagte, natürlich sei sie als Kind oft dort gewesen, als ihre Eltern den Sommer hier verbrachten, doch in den letzten paar Jahren sei sie nicht hingegangen. Sie könnten ja morgen mal hinfahren, wenn Ray in der richtigen Stimmung sei, es sei wirklich schön dort. Aber vielleicht seien sie dann alle verkatert, vielleicht habe Ray etwas anderes vor, womöglich sei es einfach zu heiß. Kelly sagte jedoch, sie würde lieber allein hingehen, sie werde es sich fest vornehmen und von jemandem ein Auto oder, wenn das Naturschutzgebiet nicht zu weit weg wäre, Buffys Fahrrad ausleihen: ein nagelneues Mountainbike.

»Bist du schon mal mit so einem gefahren? – Nein? Das mußt du ausprobieren.«

Die Hände an den Griffen, die Beine auf den Pedalen, fuhr sie zunächst im Stehen, gebeugt, ihr langes, kupferrotes Haar flatterte im Wind. Sie lachte zuerst über das kindliche Vergnügen, das sie empfand, als sie den Strand entlangflitzte und das dicke Profil der Reifen in den krustigen Sand eindrang. Was für ein Tempo, was für ein Glück, die kleine Lizzie fliegt dahin, und Mami, Daddy, Oma und Opa schauen zu. »Sei vorsichtig, Liebes! Paß auf!« Doch sie hatte gelacht und war davongestrampelt, bis die anderen sie nicht mehr sehen und ihr nichts mehr zurufen konnten.

Jetzt, bei Buffy, trug sie ihren neuen Badeanzug, der ihren schlanken Körper hauteng umgab; er war aus weißem Lastex, hatte neckische kleine Perlenknöpfe und nur einen Träger. Der unsichtbare Büstenhalter hob ihre Brüste hoch und drückte sie aneinander, so daß ein dunkler Spalt entstand. Sie hatte bemerkt, wie sein Blick unwillkürlich dorthin gegangen war; sie hatte gesehen, wie er sich gemächlich ihre Fesseln, ihre Beine, ihre Hüften, ihre Brüste anschaute und ihre Schultern, um die sie jedoch einen narzissengelben gehäkelten Umhang gelegt hatte, vielleicht aus Bescheidenheit, vielleicht auch, weil sie, was ihren Körper betraf, immer noch schüchtern war. Ganz anders dagegen Buffy mit ihrem seidigen schwarzen Bikini, ihren aufreizenden, grünschimmernden Finger- und Fußnägeln, Buffy mit ihrer makellosen Haut, ihrem lustigen unechten Pferdeschwanz. Sie war dreist und selbstbewußt genug gewesen, um sich in Rays Gegenwart auf die Hüften zu klopfen und zu lamentieren: »Zellulitis! Das ist es: Zellulitis! Ich bin doch viel zu jung für diese Scheißzellulitis, verdammt nochmal!«

Und alle hatten gelacht. *Er* auch. Buffy St. John. Sie war so schön, so stolz auf ihre geölte, erhitzte Haut.

Während ihres Studiums an der Brown University hatte Kelly immer wieder gefastet, weil sie sich Disziplin beibringen, sich ganz unter Kontrolle bekommen wollte, damit ihre Menstruation leichter wurde. Und als es mit G. zu Ende war, wollte sie sich auf diese Weise dafür bestrafen, daß sie einen Mann mehr geliebt hatte, als sie von diesem wiedergeliebt worden war. Im vorangegangenen Jahr hatte sie sich jedoch entschlossen, *gesund* zu leben und *normal* zu sein; sie zwang sich dazu, regelmäßig zu essen, und schaffte es, von den neun Kilo, die sie abgenommen hatte, fünf wieder zuzulegen. Sie schlief ohne Schlaftabletten und brauchte vor dem Zubettgehen nicht einmal das Glas Rotwein, welches in den drei Monaten, in denen G. tatsächlich mit ihr zusammengelebt hatte, zu einem Ritual geworden war. Nicht einmal das.

Auf diese Weise war sie wieder *gesund* und *normal* geworden. Eine junge Amerikanerin, die etwas aus sich machen wollte, die ihr Bestes geben wollte.

Doch sie mied das Haus in Gowanda Heights. Sie war schuld daran, daß ihre Mutter sich ihretwegen Sorgen machte; sie war schuld daran, daß es zwischen ihr und ihrem Vater zu Streitereien kam, zu »politischen Meinungsverschiedenheiten«, bei denen es in Wirklichkeit um die Mißachtung väterlicher Autorität ging. Aber jetzt war das Verhältnis in Ordnung, und Kelly ging es gut. Auf diskrete Weise mied sie bestimmte alte Bekannte: die verbitterten Idealisten, die vehementen Abtreibungsbefürworter, ja sogar Mr. Spader, der seit seiner letzten Scheidung (seiner dritten) unrasiert herumlief, der einen Schmerbauch bekam und dem das feuerrote Haar ausfiel. Ein Sechzigjähriger mit einem Babygesicht; die Lachgrübchen waren eingesunken, seine Wangen aufgedunsen. Es war ihr äußerst peinlich gewesen damals im Büro, als sie merkte, daß er sie musterte, als sie seine rauhen Atemzüge vernahm. Haare in den Ohren und Nasenlöcher, die aussahen wie ein Topfkratzer: armer Carl Spader. Einst eine Medienpersönlichkeit, ein junger, wortgewandter weißer Mitstreiter von Martin Luther King wie auch von John F. Kennedy, und nun dieses elende Büro in einem Laden in der Brimmer Street. Und die Auflage des *Citizens' Inquiry* schwankte zwischen 35 000 und 40 000, wogegen man im Jahr 1969, in der besten Zeit des Blattes, 95 000 bis 100 000 Exemplare abgesetzt und mit der

New Republic konkurriert hatte. Man war gut beraten, wenn man das Thema *New Republic* bei Carl Spader nicht anschnitt (für diese Zeitschrift hatte er nach dem Studium tatsächlich mehrere Jahre lang gearbeitet). Daß der Konservatismus jetzt Triumphe feierte, brachte ihn unweigerlich in Rage, darauf durfte man ihm gegenüber nicht zu sprechen kommen, auch nicht auf die niederschmetternden, tragischen Folgen, auf die Zerstörung der Zukunftsvision der Kennedy-Johnson-Ära, und darauf, daß Amerika seine Seele eingebüßt habe. Als der Senator sich nach seinem alten Freund Carl Spader erkundigte, ließ Kelly Diskretion walten. Sie war keine von denen, die gedankenlos Klatsch verbreiteten, und sie schlachtete auch das Mißgeschick anderer nicht aus, um sich im Gespräch interessant zu machen. Sie war der Überzeugung, daß man über andere nichts sagen sollte, was man nicht auch in deren Gegenwart sagen konnte.

Der Senator kam im Verlauf der Unterhaltung mehrmals auf Carl Spader zurück; er hatte ihn, wie er sagte, schon seit Jahren nicht mehr getroffen. Der Senator sagte dies in einem bedauernden wie auch ein bißchen übelnehmerischen Ton.

Klar, den *Citizens' Inquiry* lese er. Selbstverständlich.

Sein Büro in Washington habe die Zeitschrift natürlich abonniert.

Er fragte Kelly auch, worüber sie in dem Blatt schreibe, und Kelly nannte die Gebiete. Sie erwähnte dabei ihren jüngst erschienenen Artikel »Die Todesstrafe – eine Schande für Amerika«, und der Senator sagte, er glaube, er habe diesen Artikel gelesen, und er sei davon beeindruckt gewesen.

Wie bei der Fahrt auf Buffys tollem neuem Fahrrad spürte sie, daß jemand sie mit den Augen verschlang.

Politik: die Ausübung von Macht. Eros: die Ausübung von Macht.

Er packte ihre Schultern, die unter dem gehäkelten Umhang nackt waren, mit seinen kräftigen Fingern und küßte sie direkt auf den Mund. Der Wind umschmeichelte sie, war wie etwas Fühlbares, Greifbares, das sie verband und vereinte. Er hatte sie ganz plötzlich geküßt, doch nicht unerwartet. Als sie hinter dem Haus der St. Johns durch die Dünen streiften und die Möwen über ihren Köpfen mit aufgeregten Schreien ihr grelles Weiß aufblitzen ließen, ihre messerscharfen Schwingen, die tödlichen Schnäbel. Das Dröhnen und Gischten der Brandung. Das unaufhörliche Rollen der Brandung. Sie hatte es in der Nacht zuvor vernommen, als sie wach lag und hörte, wie Buffy und Ray in ihrem Zimmer leise lachten und sich liebten; zu diesen von Menschen stammenden Geräuschen hatte sie das Rollen der Brandung gehört, die anschwellende Flut, die Gezeiten des Mondes. Ein Drängen in ihrem Blut, das fast nicht mehr zu bändigende Verlangen des Mannes, beiden war klar, daß er sie noch einmal küssen würde, und durch Kellys impulsiv anmutende Entscheidung, mit ihm zusammen die

Fähre zu nehmen, statt wie geplant die Nacht des 4. Juli bei Buffy zu verbringen, wurde diese Übereinkunft publik.

Sie war das Mädchen, das er ausgesucht hatte. Sie fuhr im Auto los mit ihm.

Sei bloß nicht schüchtern, Skorpion. Du armer, dummer Skorpion, jetzt steht dir eine überaus romantische Zeit bevor. Richte dich mal nach DEINEN Wünschen und setze DEINE Vorstellungen durch.

Das tat sie, so hatte sie's vorgehabt, so sollte es sein. Es ging nur um sie.

— 14 —

Sie spürte noch die bierige Wärme, den Druck seines Mundes auf ihrem. Die fordernd tastende Zunge.

Auch als die namenlose Straße unter dem Toyota wegflog, spürte sie das noch. Mit einem bitteren Lächeln dachte sie daran, wie oft in ihrem Leben Küsse nach Bier, Wein oder Schnaps geschmeckt hatten, nach Tabak oder Haschisch, und sie dachte an die vielen tastenden Zungen. *Bin ich denn bereit?*

Sie hatte aus dem holpernden Auto heraus den Mond angestarrt. Wie seltsam platt, wie hell er war! Kein reflektiertes, sondern ein von innen kommendes Licht, so schien es ihr. Aber das stimmte ja nicht. Armer Skorpion, denk nicht soviel, mit deinem Verstand kommst du nicht weit.

Von dem ganzen Schwachsinn der Horoskope und der Astrologie hielt Kelly Kelleher natürlich nichts. Sie empfand, obwohl sie ehrenamtlich für die National Literacy Foundation of America tätig war, in ihrem tiefsten Inneren eine gewisse Verachtung für ungebildete Menschen – nicht nur für Schwarze (ihre Schüler waren durchweg Schwarze), sondern auch für Weiße, für alle Männer und Frauen, die von der gnadenlos vorwärtsdrängenden Zivilisation überrollt worden waren, die in ihrer Beschränktheit mit bestimmten elementaren Gegebenheiten nicht zurechtkamen. Daran sei eben nichts zu ändern, glaubten Artie Kelleher, Ham Hunt und alle anderen konservativen Amerikaner; das beste sei, seine eigene weiße Haut zu retten. Diesen egoistischen Standpunkt lehnte Kelly Kelleher jedoch erbost ab. Und sie hatte im College auf ihrem PC einen unverschämten Brief an ihre Eltern abgefaßt, hatte ihn sorgfältig überarbeitet und mit ihrem Taufnamen »Elizabeth Anne Kelleher« unterzeichnet und dann nach Gowanda Heights, New York, geschickt. Darin hatte sie auch erläutert, weshalb sie diesmal zum Erntedankfest nicht nach Hause kommen, sondern mit ihrer Zimmerkameradin nach Old Lyme gehen wollte. *Ich werde Euch, meine Eltern, immer lieben, aber mir ist klargeworden, daß ich auf keinen Fall so leben möchte wie Ihr. Bitte verzeiht mir!*

Kelly war damals neunzehn gewesen.

Und das Erstaunliche daran war: Ihre Eltern hatten ihr tatsächlich verziehen.

Die Verhältnisse, aus denen der Senator stammte, ähnelten denen der Familie Kelleher; auch er war nach Andover gegangen, und zwar kurz nachdem Arthur Kelleher dort graduiert hatte; dann hatte er an der Harvard-Universität seinen B.A. erworben und sein Jurastudium absolviert, während Arthur Kelleher nach Amherst und dann an die Columbia-Universität gegangen war. Der Senator und die Kellehers hatten wahrscheinlich viele gemeinsame Bekannte, doch im Verlauf des weitschweifigen, zusammenhanglosen, erregenden Gesprächs, das sie an diesem Tag führten, gingen weder er noch Kelly darauf ein.

Sie wußte, daß der Senator Kinder in ihrem Alter hatte (einen Sohn? einen Sohn und eine Tochter?), aber dieses Thema wurde natürlich nicht angeschnitten.

Daß der Senator von seiner etwa dreißigjährigen Frau getrennt lebte, hatte Kelly gewußt, und er hatte darauf ganz kurz angespielt. »Ich bin an diesem Wochenende allein. Meine Frau hat ihre Verwandtschaft in unser Ferienhaus am Kap eingeladen ... «, hatte er lächelnd gesagt. Seine Stimme war dabei allmählich leiser geworden, und bei dieser Andeutung hatte er es belassen.

Der Geschmack seines Mundes auf ihrem. Und am selben Tag, als Kelly allein an einem Gartentisch gesessen hatte, den Kopf auf die Arme gelegt, schläfrig, von der Sonne benommen und etwas flau im Magen (Warum trank sie überhaupt Alkohol, wenn das so unangenehme Folgen haben konnte? Wollte sie einfach dazugehören, wie schon im College? Wollte sie bloß den Anschein erwecken, sie sei mit dabei, wie schon im College?), da war jemand still und leise neben ihr aufgetaucht; sie hatte durch ihre Wimpern hindurch bemerkt, daß diese Person barfuß war, daß es ein Mann war mit großen, weißen, venösen Füßen und verwachsenen Zehennägeln. Dann spürte sie auf ihrer nackten Schulter eine ganz leichte, ganz zarte Berührung, die sie durchfuhr wie ein elektrischer Schock, und sie merkte, daß er sie mit der Zunge berührte... seine warme, weiche, feuchte Zunge auf ihrer nackten Haut.

Da schaute sie auf, ihm ins Gesicht. In seine Augen. Die Augäpfel waren etwas gelblich wie vor Übermüdung und rot geädert, doch die Iris war auffallend blau. Wie leuchtendes Buntglas.

Eine ganze Weile wurde kein Wort zwischen ihnen gewechselt, obzwar Kelly die Lippen schürzte, um den Bann mit einem Lächeln oder mit einer scherzhaften Bemerkung zu brechen.

Du willst doch ein liebes kleines Mädchen sein, nicht wahr?

Kelly erinnerte sich daran, als sie in die verlassene Gegend südöstlich von Brockden's Landing gerieten, als es immer düsterer wurde und es allmählich so aussah (zumindest ihrer Meinung nach), als würden sie die 20.20-Uhr-Fähre nicht mehr erreichen.

Überall Moskitos, da und dort ein Leuchtkäfer, manche der gelben, besenartige Blütenstände tragenden Binsen hatten eine groteske Höhe und schwankten kopflastig im Wind, wirkten wie gesichtslose Menschengestalten, und Kelly erschauerte, als sie sie erblickte. Sie sagte zu dem Senator, es sei doch merkwürdig, daß so viele der Bäume im Moor abgestorben aussähen. Ob sie wohl tot seien? In der Düsternis vereinzelte Baumstämme ohne Blätter und Äste, die Rinde grau, glatt und glänzend wie altes Narbengewebe.

»Hoffentlich sterben die Bäume nicht wegen der Umweltverschmutzung.«

Der übers Lenkrad gebeugte Senator runzelte die Stirn und drückte aufs Gaspedal, ohne zu antworten.

Kelly fiel ein, daß er nicht mehr mit ihr gesprochen hatte, seit sie auf diese verdammte Straße abgebogen waren.

Seit es mit G. schließlich zu Ende gegangen war, seit Juni, hatte Kelly Kelleher mit keinem Mann geschlafen.

Seit damals, einer Zeit, in der sie sich danach gesehnt hatte zu sterben, hatte sie keinen einzigen Mann lustvoll und auch nicht mit vorgetäuschtem Verlangen berührt.

Bin ich denn bereit? Bereit? Bereit? fragte eine leise, spöttische Stimme.

Rundherum zirpten Insekten in einem Kopulations- und Fortpflanzungstaumel. Ein Schaudern überkam sie, als sie den ohrenbetäubenden Lärm hörte. So viele. Kaum zu glauben, daß Gott so viele erschaffen wollte.

Ein wahnsinniges Spektakel, als spürten sie in der Hochsommerhitze schon das unweigerlich bevorstehende Verschwinden der Wärme, die sich ausbreitende Dunkelheit und Kälte, als spürten sie, wie ihnen der eigene kleine Tod aus der Zukunft näherrückte. Kelly Kelleher hatte eine trockene Kehle und bedauerte jetzt, daß sie nichts zu trinken mitgenommen hatte. *Bin ich bereit?*

Wie ein zerbrochener, weggeworfener Spiegel die sich kilometerweit hinziehenden Sümpfe. Kelly hatte den Eindruck, daß sie sich verfahren hatten, hielt sich aber zurück, weil sie den Senator nicht brüskieren wollte.

Bin ich denn bereit? – Es ist ein Abenteuer.

In dem dahinrumpelnden Wagen schienen sie gegen alle Widrigkeiten gefeit zu sein und gegen einen Unfall sowieso; gewiß, der Senator fuhr rücksichtslos, und sein Urteilsvermögen war durch den Alkohol beeinträchtigt, doch seine Fahrkunst nicht. Er hatte in der Tat beträchtliche Fertigkeiten, er kam mit dem Mittelklassewagen ganz instinktiv zurecht und behandelte ihn obendrein, so kam es Kelly vor, mit majestätischer Herablassung, obgleich sie sich verfahren hatten, obgleich sie die 20.20-Uhr-Fähre verpassen würden. Es war eine Auszeichnung, daß sie hier saß, ihr konnte nichts zustoßen, sie kam sich vor wie eine kleine Prinzessin in einem Märchen, das Märchen hatte gerade erst angefangen, aber vielleicht würde es noch lange nicht enden. Vielleicht.

Der helle, platte Mond, die glitzernden, Spiegelscherben gleichenden Wasserflächen. Die Radiomusik hatte jetzt ein tolles Tempo, das unablässige Rollen der Brandung war außerhalb ihrer Hörweite, aber Kelly, die ihre Augen halb geschlossen hatte und den Gurt an ihrer Schulter so fest packte, daß die Knöchel weiß wurden, glaubte, sie könne es vernehmen.

Sie sagte mit unmerklich erhobener Stimme: »Ich glaube, wir haben den Weg verloren, Senator.«

Das Wort *Senator* klang leicht ironisch, verspielt. Wie eine Liebkosung.

Er hatte gesagt, sie solle ihn doch mit seinem Vornamen anreden – mit seinem abgekürzten Vornamen. Aber Kelly hatte das aus irgendeinem Grund noch nicht geschafft.

Diese Nähe, sie und er in dem holpernden, rumpelnden Wagen. Zwischen ihnen der stechende, benebelnde Geruch des Alkohols. Küsse, die nach Bier schmeckten, und jene Zunge, die so dick war, daß man daran erstikken könnte.

Hier, an ihrer Seite, saß einer von denen, die gefeit waren: *Er*, einer der Großen dieser Welt, ein maskuliner Typ, ein Senator der Vereinigten Staaten, ein berühmter Mann mit einer komplizierten Lebensgeschichte, einer, der die Macht besaß, in das politische Geschehen einzugreifen, es zu lenken und nach seinen Vorstellungen zu gestalten. Er war ein liberaler Demokrat alten Stils, geprägt von den sechziger Jahren, ein Verfechter der »Great Society«, der mit großer Hingabe und Ausdauer gesellschaftliche Reformen durchzusetzen versuchte und allem Anschein nach nicht verbittert oder erschüttert, ja nicht einmal besonders überrascht war über den Widerstand, den man seinen humanitären Idealen entgegensetzte im Amerika des ausgehenden zwanzigsten Jahrhunderts. Denn die Politik war sein Lebensinhalt, und Politik ist bekanntlich im Grunde nichts anderes als die Kunst, Kompromisse zu schließen.

Kompromisse schließen: Kann man das als Kunst bezeichnen? – Ja, aber es zählt zu den Künsten geringeren Ranges.

Kelly hatte gemeint, der Senator habe ihre Bemerkung nicht gehört, doch dann sagte er mit einem verdrießlichen Lachen, das wie ein Räuspern klang: »Das ist eine Abkürzung, Kelly.« Ganz langsam, als redete er mit einem kleinen Kind oder mit einer jungen Frau, die zuviel getrunken hatte. »Es gibt nur die eine Richtung, wir können uns unmöglich verfahren haben.«

Gleich darauf flog das Auto von der Straße.

— 15 —

Sie hörte ihn »Hoppla!« rufen, als das Auto seitwärts rutschte und gegen eine Leitplanke prallte, als sich der rechte hintere Teil des Wagens nach vorn drehte wie bei einer gruseligen Vergnügungsfahrt und ihr Kopf gegen das Seitenfenster krachte und ein roter Nebel an ihren Augen vorbeizuckte, doch sie konnte nicht genug Atem holen für einen Aufschrei, als sie in hohem Tempo einen kurzen, aber steilen Abhang hinunterstürzten, wobei am Auto ein wütendes Stakkato von Klopfgeräuschen entstand wie von zerbrechenden dürren Ästen. Und Kelly konnte immer noch nicht genug Atem holen, um zu schreien, als der Wagen in etwas eintauchte, das wie eine Grube aussah, ein Teich, ein seichter Tümpel in dem Sumpfland, als schwarzes, brausendes Wasser überall hereindrängte und sie von ihm nach unten gezogen wurden, als der Wagen seitlich absank und sie nichts mehr sah. Der Senator fiel auf sie, ihre Köpfe stießen zusammen, doch wie lange sie sich abmühten, benommen, verzweifelt, entsetzt über dieses Geschehen, das sie nicht kontrollieren, geschweige denn begreifen konnten, bei dem Kelly nur noch denken konnte: *Das darf doch nicht wahr sein! Werde ich sterben? So?*, und wie viele Sekunden oder Minuten vergingen, bis der Senator, »O Gott! O Gott!« stöhnend, an dem Sicherheitsgurt herumhantierte, sich hinter dem zerbrochenen Steuerrad gewaltsam aus seinem Sitz herausarbeitete und sich mit fanatischem Eifer durch die Tür zwängte, die er aufbrachte, obwohl das schwarze Wasser und die Schwerkraft dagegendrückten, diese Tür, die sich dort befand, wo sie nicht hätte sein sollen, oben, direkt über ihren Köpfen, als ob die Erdachse selbst sich auf einmal verlagert hätte und der Himmel jetzt unsichtbar wäre, untergegangen in dem schwarzen Schlamm zu ihren Füßen – wie lange das dauerte, wußte Kelly Kelleher in ihrer Verwirrung und ihrem Entsetzen nicht. Sie setzte alles daran, dem Wasser zu entrinnen, sie klammerte sich an den muskulösen Unterarm des Mannes, auch als dieser sie wegschob, sie umklammerte sein Hosenbein, seinen Fuß, den schweren, in einem Segeltuchschuh mit Kreppsohle steckenden Fuß; mit diesem drückte er sie nieder, mit diesem traf er sie am Kopf, an ihrer linken Schläfe, so daß sie aufschrie vor Schmerz und verzweifelt, mit den Fingernägeln kratzend, nach seinem Bein griff, dann nach seinem Knöchel, seinem Fuß, seinem Schuh, dem Segeltuchschuh mit der Kreppsohle, der sich dann löste und in ihrer Hand blieb, auf einmal war sie allein, jammernd und flehend: »Geh nicht fort! Hilf mir! Warte doch!«

Sie wußte keinen Namen, mit dem sie ihn hätte rufen können, als das schwarze Wasser über sie hereinbrach und ihre Lunge zu füllen begann.

Zweiter Teil

16

Er war fort, aber er würde zurückkommen, um sie zu retten.

Er war fort, weil er an Land geschwommen war, um Hilfe zu holen. Vielleicht lag er auch auf der unkrautüberwucherten Böschung, spuckte würgend Wasser, holte ganz tief Atem, wollte Kraft und genügend Mut bekommen, um in das schwarze Wasser zurückzukehren und hinunterzutauchen zu dem versunkenen Wagen, der, wie ein auf dem Rücken liegender Käfer hilflos schwankend, zur Seite geneigt im weichen Schlamm des Flußbettes steckte. Seine entsetzte Beifahrerin saß dort fest und wartete darauf, daß er sie rettete, wartete darauf, daß er die Tür öffnete, sie herauszog und in Sicherheit brachte. Würde er es so machen?

Ich bin hier. Hier bin ich. Hier.

— 17 —

Auf Buffys Party trafen den ganzen Nachmittag über Gäste ein, sogar noch am Abend. Manche von ihnen sah Kelly Kelleher zum ersten Mal, doch mit Ray Annick war sie bekannt, auch mit Buffys neuer Freundin Felicia Ch'en, die glänzendes schwarzes Haar hatte und auffallend attraktiv war; sie hatte Mathematik studiert und schrieb als freie Mitarbeiterin wissenschaftliche Beiträge für den *Boston Globe*. Ed Murphy, den an der Boston University lehrenden Finanz- und Wirtschaftswissenschaftler, der auch als Berater einer Bostoner Maklerfirma tätig war, kannte Kelly ebenfalls, und Stacey Miles, die an der Brown Unversity mit ihr auf demselben Stockwerk gewohnt hatte, natürlich auch, und den Architekten Randy Post, mit dem Stacey in Cambridge zusammenlebte, ebenfalls. Da war auch noch Fritz, ein früherer Liebhaber von Buffy, mit dem diese ein freundschaftliches Verhältnis pflegte; er war mit Kelly ein paarmal ausgegangen, einfach so, aber Kelly hatte den Verdacht gehabt, daß er mit ihr schlafen wollte, um sich irgendwie an Buffy zu rächen, der dies aber sowieso völlig egal gewesen wäre. Dann war da noch dieser große, breitschultrige, kahl werdende, hellhäutige Farbige im Alter von etwa fünfunddreißig Jahren, der am Massachusetts Institute of Technology ein Forschungsstipendium hatte. Mit ihm war Kelly schon früher zusammengetroffen, er hatte einen ungewöhnlichen, exotischen Vornamen (hieß er nicht Lucius?).

Er war kein amerikanischer, sondern ein aus Trinidad stammender Schwarzer. Kelly erinnerte sich, daß sie ihn gleich gemocht hatte; sie wußte, daß er sie auch gern hatte, und das gefiel ihr. Sie hatte sich vor diesem Wochenende gefürchtet, weil ihr Parties dieser Art, bei denen soviel getrunken, so schlagfertig geredet, so unverblümt abtaxiert wurde, immer mehr mißfielen. Sie konnte da nicht mithalten, seit dem Ende der Beziehung mit G. war sie verletzlich, so als wäre die äußere Hautschicht abgezogen worden, und wenn Männer sie anschauten, wurde sie befangen, sie spürte, wie sich ihre Gesichtsmuskulatur spannte, wie ihr Puls vor Angst schneller wurde. Und wenn Männer sie nicht anschauten, verspürte sie eine noch größere Angst: Sie war überzeugt, nicht nur als Frau, sondern auch als Mensch versagt zu haben.

Aber da war ja Lucius. Ein Forschungsstipendiat in Plasmaphysik, ein Abonnent des *Citizens' Inquiry* und ein Bewunderer von Carl Spader, soweit er über ihn im Bilde war.

Es gab ja Lucius, und Kelly war froh, daß er da war. Und wäre nicht kurz nach zwei Uhr ein schwarzer Toyota in Buffys Auffahrt eingebogen (woraufhin das Gemurmel anfing: *Ist er das? Ja? Großer Gott!*), dann wären die beiden mit der Zeit wirklich gute Freunde geworden.

18

Sie hielt nichts von Astrologie, vom wichtigtuerischen Geschwafel der Zeitschriftenhoroskope, und sie glaubte auch nicht an den Gott der Anglikaner, in dessen Namen sie vor langer Zeit konfirmiert worden war.

Als Opa Ross im Sterben lag, abgezehrt, die Augen jedoch wach wie immer, voller gütiger Zuneigung für »Lizzie«, die für ihn nie »Kelly« gewesen war, die ihm das liebste von den Enkelkindern war, die er ins Leben geleitet hatte, sagte er zu ihr, so als wolle er ihr ein beunruhigendes Geheimnis anvertrauen: *Was du aus deinem Leben machst, wieviel Liebe du darein legst – darin zeigt sich Gott.*

19

Sie war allein. Er war bei ihr gewesen, doch er war weg, und nun war sie allein, aber: *Natürlich ist er weggegangen, um Hilfe zu holen.*

In ihrem Schock wußte sie zuerst nicht, wo sie sich befand, was das für eine bedrückende Enge, wieso es so dunkel war. Sie wußte nicht, was passiert war, weil es so abrupt geschehen war, wie etwas, das man im Vorüberfahren aus dem Fenster verschwommen wahrnimmt. Ihre aufgerissenen, starren, blicklosen Augen waren blutverschmiert. Dort, wo der Schädelknochen gebrochen war, spürte sie ein rasendes Klopfen; sie wußte, daß sie einen Schädelbruch hatte, und sie glaubte, daß das schwarze Wasser durch den Spalt eindringen und ihrem Leben ein Ende setzen würde – es sei denn, es gelänge ihr, einen Ausweg zu finden, es sei denn, *er kommt zurück und rettet mich.*

Tatsächlich tröstete er sie, lächelnd, doch mit einem besorgten Stirnrunzeln, und er berührte sie dabei mit den Fingerspitzen an der Schulter: *Vertraue mir, Kelly. Immer.*

Er kannte ihren Namen, er hatte sie beim Namen genannt. Er hatte sie liebevoll angeschaut, das wußte sie genau. Er war ein Freund. Sie kannte ihn nicht näher, aber sie waren befreundet, das wußte sie genau. Sein Name würde ihr gleich einfallen.

Ein Auto war es, in dem sie festsaß; irgendwie war sie auf dem Vordersitz eines Autos eingeklemmt worden, sie hatte sehr wenig Platz, weil das Dach und das Armaturenbrett und die Seitentür eingedrückt waren und ihre Beine und ihre rechte Kniescheibe einklemmten, so daß sie festsaß wie in einem Schraubstock. Auf der rechten Seite waren ihre Rippen gebrochen, doch der Schmerz hielt sich in Grenzen, war wie ein unfertiger Gedanke. Sie spürte fast nichts und wußte, daß es jetzt ganz darauf ankäme, den Kopf hochzustrecken, heraus aus dem schwarzen, nach ungeklärten Abwässern stinkenden Wasser, das so kalt war, wie man es sich an einem solch warmen Hochsommerabend kaum vorzustellen vermochte.

Selbst wenn sie Wasser schluckte, würde sie es noch schaffen, Atem zu holen, dafür gab es eine Methode: Sie mußte den Kopf hin und her bewegen, dabei das Wasser durch die Nase ausstoßen und sich dann so weit wie möglich wegbeugen von der eingedrückten Tür. Ihre linke Schulter war anscheinend gebrochen, doch darüber wollte sie sich jetzt keine Gedanken machen, denn im Krankenhaus würde man sich schon um sie kümmern. Ihre Freundin war auch schon mal gerettet worden, ihre Schulfreundin, deren Name ihr jetzt nicht einfiel; Kelly wußte nur eines: Sie selbst war es nicht gewesen. Sie rief *Hilfe! Hilfe! Hier bin ich!*, war ganz durcheinander, weil sie nicht wußte, wo oben und unten, wo der Himmel war. Er hatte sich mit allen Mitteln freigekämpft, hatte ihren Körper als Halt benützt, um sich gegen die Tür stemmen zu können, dort droben, wo keine Tür hätte sein sollen, um diese Tür aufzudrücken und seinen grobknochigen Körper durch einen Spalt hindurchzuzwängen, der selbst für Kelly Kelleher kaum breit genug gewesen wäre. Aber er hatte ja Kraft genug, er strampelte und schlug um sich wie ein großer, erboster Fisch, der sich instinktiv zu befreien weiß.

Und was behielt sie von ihm? Großer Gott, welche Trophäe umklammerte sie mit ihren dummen Fingern und den nun abgebrochenen Fingernägeln, die sie am Abend zuvor mit Buffys Nagellack sorfältig angemalt hatte? Um Himmels willen, was war das denn? – Ein Schuh? Nichts als ein Schuh?

Aber es gab ja nur diese eine Richtung, und von da würde er kommen. Das wußte sie.

Sie wußte aber auch sehr wohl, erkannte illusionslos mit einem weiterhin pragmatisch denkenden Teil ihres Gehirns, daß in dem versunkenen Auto (wie weit es von der Wasseroberfläche entfernt war, konnte sie nicht abschätzen, vielleicht waren es nur wenige Handbreit) zwar noch Luft vorhanden war, eine oder mehrere Luftblasen, daß es sich jedoch allmählich bis obenhin mit Wasser füllen würde. Ganz zwangsläufig. Durch unzählige Löcher und Haarrisse und Bruchstellen wie den netzartigen Sprüngen in der Windschutzscheibe drangen dünne Rinnsale, das Wasser würde allmählich ansteigen, mußte ansteigen, denn der Wagen war ja völlig untergetaucht. Sie hatte gehört, daß Unfallopfer bis zu fünf Stunden durchgehalten hatten und dann gerettet worden waren; auch sie würde gerettet werden, wenn sie Geduld aufbrachte und nicht in Panik geriet. Doch das schmutzige schwarze Wasser würde immer mehr ansteigen und in ihren Mund eindringen, in ihre Kehle, ihre Lunge; sie konnte es zwar nicht sehen und hörte auch nicht, wie es rann, rieselte und sickerte, weil ihr Kopf und ihre Ohren dröhnten, weil sie von Husten- und Erstickungsanfällen geschüttelt wurde, bei denen sie schwarzen Schlamm ausspuckte.

Aber hatte er ihr denn nicht ein Versprechen gegeben? – Das hatte er getan.

Aber hatte er sie denn nicht umschlungen und geküßt? – Das hatte er getan. Und war er nicht mit seiner unförmigen Zunge in ihren bangen, trockenen Mund eingedrungen? – Ja, das hatte er getan.

Keine Schmerzen! Nur keine Schmerzen! Sie redete sich ein, daß sie keine Schmerzen spürte; Schmerzen würde sie nicht zulassen. Als ihr Auge bandagiert worden war, hatte man sie sehr gelobt: die tapfere Lisabeth, das tapfere kleine Mädchen. Und das war ihr wahres Ich. Er brauchte ihr nur herauszuhelfen, dann würde sie sich in Sicherheit bringen, sie war eine hervorragende Schwimmerin. *Hier bin ich.*

20

Zweimal wöchentlich, dienstags und donnerstags, selbst in den Sommermonaten, machte Kelly Kelleher in ihrem gebrauchten Mazda die anstrengende Fahrt von dem Wohnblock droben hinter dem Beacon Hill in Boston nach Roxbury, wo sie in einem schlecht belüfteten kommunalen Kulturzentrum erwachsenen schwarzen Analphabeten das Lesen einfacher Texte beizubringen versuchte. Ihr Unterricht begann um 19 Uhr und endete, bisweilen ohne erkennbare Resultate, um 20.30 Uhr. Wenn Kelly gefragt wurde, ob sie mit ihren Kursteilnehmern vorankomme, sagte sie stets lächelnd: »Ja, ganz gut!«

Kelly arbeitete seit ein paar Monaten ehrenamtlich für die National Literacy Foundation of America. Sie war mit Enthusiasmus und viel Eifer bei der Sache, aber auch mit einer dünkelhaften Selbstgerechtigkeit und einer rassistischen Herablassung, die mit einer akuten, tiefgreifenden Angst vor unmittelbarer Bedrohung verbunden war. Im Kulturzentrum selbst lauerten keine Gefahren, aber auf den Straßen der Umgebung, in den heruntergekommenen Stadtvierteln und an der mit Unrat übersäten Schnellstraße. Sie war gefährdet, weil sie weiß war.

Da sie in Roxbury solch zwiespältige Eindrücke hatte, erzählte sie ihren Eltern bis zum Hochsommer nichts von ihrer Tätigkeit, und in ihrem Freundeskreis erwähnte sie diese nur selten.

Und dem Senator sagte sie an jenem Tag, den sie bei Buffy verbrachten, kein Wort davon. Einen bestimmten Grund hatte sie nicht. Vielleicht war ihr jedoch daran gelegen, nicht als der eifrige *Helfer*-Typ zu erscheinen, den der Senator – wie jeder erfolgreiche Politiker – zur Genüge kannte.

Was ist das Besondere an freiwilligen Helfern, speziell den weiblichen? Sie können sich denken, daß man sie gegen Bezahlung nicht nehmen würde.

In den Hohlraum, in dem sie drinsteckte wie ein Baby im Mutterleib, floß schwarzes Wasser.

Buffy hatte ihr netterweise das sogenannte Schwesterchenzimmer überlassen; es befand sich in der Südwestecke des mit fünf Schlafzimmern ausgestatteten Ferienhauses an der Derry Road, in welchem Kelly Kelleher schon oft zu Gast gewesen war. Ein keusches, mit weißem Organdy bezogenes Messingbett stand darin, dazu einige überzählige Möbelstücke; an der Wand hing wie im Lieblingszimmer von Oma Ross in dem großen alten Haus in Greenwich eine Blümchentapete mit erdbeerfarbenem Grundton. Kelly wusch mit zitternden Fingern ihr warmes Gesicht, spülte sorgsam die vom grellen Sonnenlicht mitgenommenen Augen, bürstete mit raschen, knappen Handbewegungen ihr Haar zurecht, lächelte sich im Badezimmerspiegel zu und dachte dabei: *Ist das toll! Das gibt es doch gar nicht!*

Und doch war Kelly Kelleher die Auserwählte.

Anfangs unterhielt sich der Senator mit allen Anwesenden. Der große, breitschultrige Mann war mit Eifer bei der Sache, sein Gesicht war gerötet vor Entzücken, hier zu sein auf Grayling Island, auf diesem schönen Fleckchen Erde, das ihm, wie er sagte, praktisch unbekannt war. Er habe Maine nur ab und zu besucht, da sie den Sommer in der Regel am Kap verbrächten, auf dem Besitz seiner Familie, wo sie sich bemühten, die Veränderungen zu ignorieren, die dort im Laufe der Jahre stattgefunden hatten – wie weit die Erschließung, die Zersiedelung fortgeschritten waren. »Man sträubt sich manchmal dagegen, die in nächster Nähe entstandenen Gegebenheiten zur Kenntnis zu nehmen.«

Der Senator blieb jedoch aufgeschlossen und gesellig. Schließlich war es ein Feiertag, er war in der Gesellschaft interessanter junger Leute und schien erpicht zu sein, sich zu amüsieren.

Er und Ray Annick, die beiden Männer mittleren Alters, waren sozusagen entschlossen, sich's gutgehen zu lassen.

Tatsächlich hatte der Senator, gleich nachdem er seine Gastgeberin begrüßt hatte, Ray Annick beiseite genommen, um sich mit ihm unter vier Augen zu besprechen. Dann hatte er Buffy gefragt, ob er Rays Rasierzeug benützen und sich frisch machen könne – er habe sich nämlich seit sechs Uhr früh, seit Washington, nicht mehr rasiert.

Anstelle des weißen langärmeligen Baumwollhemds, das zu formell war, zog er ein marineblaues Polohemd mit offenem Kragen an, bei dem sich die kurzen Ärmel um seinen fleischigen Bizeps spannten. In der V-förmigen Kragenöffnung war ein Büschel stahlgrauer Haare sichtbar.

Er trug helle Leinenhosen im sommerlich-flotten Knitterlook.

Und beigefarbene Segeltuchschuhe mit Kreppsohlen, Marke L.L. Bean.

Auf der luftigen Terrasse wurden Drinks gereicht, es gab ein Durcheinander von Stimmen; der Senator stand gelöst, freundlich und unbefangen unter den

Gästen, wenn er auch mit seiner Haltung und seiner Redeweise zu verstehen gab: *Ich weiß, daß ich euch beeindrucke, aber ihr braucht deswegen keine Abneigung gegen mich zu hegen.* Man redete über die skandalösen Entscheidungen, die der Oberste Gerichtshof in jüngster Zeit gefällt hatte, über die ideologisch sanktionierte Selbstsucht und Grausamkeit der Überflußgesellschaft, den systematischen Abbau der Errungenschaften der Bürgerrechtsbewegung, den Abschied des Bundesrichters Thurgood Marshall und das Ende einer Ära.

Der Senator seufzte, verzog das Gesicht, schien noch etwas hinzusetzen zu wollen, überlegte es sich jedoch offenbar anders.

Bei Buffy gab es stets Ablenkungen, seien es Neuankömmlinge oder die Aussicht auf ein improvisiertes Tennisturnier.

Als er Kelly Kellehers feingliedrige Hand schüttelte und drückte, sagte er: »Wie war Ihr Name? Kelly? Oder Callie? Richtig: Kelly.«

Sie lachte. Es freute sie, ihren Schulmädchennamen aus dem Munde eines Senatsmitgliedes zu hören.

Er war ganz anders, als ich ihn mir vorgestellt hatte. Er erwies sich als ein sehr warmherziger, wirklich netter Mensch, der überhaupt nicht herablassend war...

Sie suchte nach treffenden Formulierungen, die sie sich einprägen und in ihrem Freundeskreis verwenden könnte, vielleicht auch gegenüber Mr. Spader, der einst ein guter Bekannter des Senators gewesen war, jetzt aber keinen Kontakt mehr mit ihm hatte.

Höflich war er und wirklich freundlich; er zeigte Interesse an uns und wollte unsere Meinung zu seinen Senatsanträgen hören, die auf eine Reform des Gesundheitswesens und der Sozialfürsorge abzielten. Er hat geradezu visionäre Vorstellungen, und ich glaube, man kann ohne Übertreibung sagen…

Man denkt sich Worte aus, die man später sagen will. Ohne je daran zu zweifeln, daß man noch da sein wird, um sie auszusprechen. Man glaubt fest daran, daß es möglich sein wird, aus eigenem Erleben zu schildern, was vorgefallen ist.

Auch was den Unfall betrifft: Eines Tages würde sie den Unfall, diesen Alptraum, in einem versunkenen Auto eingesperrt zu sein und fast zu ertrinken, aber dann gerettet zu werden, aus einem anderen Blickwinkel schildern: *Es war schrecklich, ganz gräßlich. Ich saß fest, und das Wasser sickerte nach innen. Er war weg, denn er wollte Hilfe holen. Zum Glück war in dem Auto noch genügend Luft vorhanden. Wir hatten die Fenster fest zugemacht und die Klimaanlage angeschaltet. Ja, es ist schon ein Wunder, sofern man an Wunder glaubt.*

21

Akne kann jederzeit auftreten, nicht nur in der Pubertät! Durch Zellwucherungen an den Hautporen wird die Talgabsonderung blockiert. Es kommt zu einer Anstauung von Talg und Bakterien. Dies führt zur Entstehung von Eiterpickeln und Mitessern sowie in schweren Fällen zur Bildung von Abszessen. Empfehlenswert ist die Verwendung des antibakteriell wirkenden BENZOYLPEROXIDS und von SALIZYLSÄURE zur Reinigung der befallenen Poren. Zur Neutralisierung der geröteten Hautstellen empfiehlt sich die Verwendung einer grün getönten Grundierung, die dann mit einem leichten Make-up und mit Gesichtspuder abgedeckt wird.

Das Make-up darf nicht direkt auf die entzündeten Hautpartien aufgetragen werden, da dies zu Infektionen führen kann.

Bei ihm würde ich nicht nein sagen. Seine Augen, seine Hände. Sein Mund… Ich darf ihn nicht dauernd anstarren. Ihr Haar, ihre Augen, ihre Lippen… Was ist das für ein Duft?

Ein weißer Lastexbadeanzug mit kleinen Perlenknöpfen, die ihm das Aussehen feiner Unterwäsche geben. Nur ein Träger, und mit hohem Beinausschnitt, der Körper muß also RUNDUM gebräunt sein.

Ein narzissengelber Umhang aus Baumwolle, den

man den ganzen Sommer tragen kann zu Chiffon, Jeans oder Badekleidung: adrett, vielseitig und SEXY.

VORSICHT: Die ultraviolette Strahlung der Sonne, Baden in Meerwasser sowie zu heißes Föhnen stellen eine ernste Gefahr dar für SCHÖNES HAAR.

VORSICHT: Über 100 000 Amerikanerinnen sind mit dem AIDS-Virus infiziert.

VORSICHT: Dubiose Fotomodell-Institute locken damit, daß innerhalb eines Jahres Aufträge von Modemagazinen zu erwarten seien.

VORSICHT: Parfüm, Haarspray und Mousse können durch ihren Alkoholgehalt bei Kleidungsstücken aus Seide und Azetat bleibende Beschädigungen hervorrufen. Verwenden Sie entweder ein Spray, bevor sie sich ankleiden, oder legen Sie vor der Verwendung eines Sprays ein Handtuch um die Schultern.

DER GEHEIMNISUMWITTERTE SKORPION. Pluto, der Gott der Unterwelt, war ursprünglich kein Mann, sondern eine Frau – die Tochter der Göttermutter Rhea. Pluto ist nichts anderes als eine maskulinisierte Göttin! Man nimmt an, daß lange unterdrückte Skorpionkräfte im Zuge des New Age wiederentdeckt werden und der Skorpion eine neue Bedeutungsebene erhalten wird – als der WIEDERERSTANDENE PHÖNIX.

— 22 —

Sie schrie jetzt nicht, schluchzte auch nicht, weil sie wußte, daß sie nicht zuviel Sauerstoff verbrauchen durfte; statt dessen sagte sie mit rauher Kehle laut und deutlich: *Hier bin ich. Hier bin ich.* HIER BIN ICH.

Sie war nicht hysterisch, war auch nicht starr vor Entsetzen.

Sie hörte ihn, irgendwo droben. Die Wasseroberfläche war nicht weit entfernt. Dort bewegte er sich vorsichtig durch seichtes Gewässer; er tauchte, er schwamm herbei, um sie zu befreien, um sie aus der Dunkelheit herauszuholen, in der sie festsaß. Und deshalb mußte sie ihm sagen, wo sie sich befand: *Hier bin ich. Hier bin ich.* HIER BIN ICH.

Während das schwarze Wasser um sie herum anstieg und in ihre Lunge eindringen wollte.

Unmerklich, so schien es ihr, stieg das schwarze Wasser um sie herum an: dieses Sickern und Rinnen in dünnen Fäden, wie Tränen auf ihrem Gesicht; das Tasten und Saugen von Hunderten von Blutegeln, die sich mit ihren Mündern an ihr festsetzten. Aber nein, nichts als Wasser; sie saß in etwas, das nach Abwässern roch, nach Benzin und Öl und, da sie sich besudelt hatte, nach ihrem eigenen Urin. *Laß mich nicht allein. Hier bin ich.*

Eben waren sie noch auf der holperigen, ausgefahrenen Straße dahingejagt, über ihnen der helle Mond, auf ihrem Mund hatte sie noch seinen Kuß gespürt, und im nächsten Moment hatten sie um ihr Leben gekämpft, er hatte sie getreten, weil er unbedingt entkommen wollte; es war blindwütige Panik gewesen, das verstand sie.

Sie konnte das verstehen. Sie vertraute ihm.

Jetzt fiel ihr ein, wer er war: der Senator.

Sie spürte seine Fingerspitzen auf ihrer nackten Schulter, seinen nach Bier, nach Alkohol riechenden Atem... Sie war kein Flittchen, sie würde schon noch eine Erklärung dafür liefern, daß sie in Gegenwart des Senators ein Verhalten an den Tag gelegt hatte, das eindeutig, vorhersehbar und stereotyp erschien oder gar von vornherein so war.

Als sie einander vorgestellt worden waren, als sie miteinander plauderten und merkten, daß sie so vieles zu bereden hatten (über Carl Spader zum Beispiel und den *Citizens' Inquiry*), schon da hatte Kelly ihre Meinung über diesen Mann geändert.

...wirklich warmherzig und freundlich. Mit echtem Interesse für andere Menschen. Und zweifellos intelligent.

Die Zukunft in Worten vorwegnehmen. Mit den eigenen Worten. Aus dem eigenen Blickwinkel.

Denn man darf nie daran zweifeln, daß es eine Zukunft geben wird.

Und er hatte soviel Humor!

Ihn zum Lachen zu bringen, ihn zu unterhalten – einen erschöpften, etwas beleibten Mann mittleren Alters, dessen lockiges, stahlgraues Haar schütter wurde. Sein linkes Knie hatte er im Januar beim Squashspielen verstaucht, Ray Annick könnte ihn also leicht erledigen auf dem Tennisplatz, der wilde Ray mit seinem gefährlichen zweiten Aufschlag. Ach, bringt mich zum Lachen, sorgt für Unterhaltung, ich möchte froh und glücklich sein. Das inspirierte Kelly Kelleher dazu, die Geschichte von dem Streit in Gowanda Heights zu erzählen (die sie Buffy vor langer Zeit erzählt hatte, doch diese tat netterweise so, als hörte sie sie zum erstenmal). Das war ja mehr als ein Streit gewesen, eher ein offener Krieg: Wer in der Stadt ein Grundstück besaß, mußte Partei ergreifen, niemand durfte sich herausreden. Entweder war man für das »alte« Gowanda Heights, nämlich für unbefestigte Straßen (die überraschend kostspielig waren – für jede Straße lagen die jährlichen Kosten um mindestens 40 000 Dollar über den Unterhaltskosten einer asphaltierten Straße), oder man war für Modernisierung. Auf beiden Seiten gingen die Emotionen hoch, insbesondere bei den »Traditionalisten«. Zu ihnen gehörte Artie Kelleher vom Scotch Pine Way; er war der Ansicht, sein Besitz verlöre an Wert, wenn seine Straße einen Belag bekäme. Mit einem alten Freund, der entgegengesetzter Meinung war, zankte er so erbittert, daß Kellys Mutter befürchtete, er werde einen Herzanfall bekommen. Freundschaften gingen entzwei, Nachbarn redeten nicht mehr miteinander, gerichtliche Auseinandersetzungen drohten, und von mindestens einem Hund nahm man an, er sei vergiftet worden... »Und wozu das alles?« fragte Kelly lachend. »Um was ging es denn? Um den Straßenbelag!«

Der Senator lachte und sagte, er verstehe das schon; man müsse eben das tiefste Innere der Menschen kennen, die Trivialitäten, die sie in ihrem Herzen hegten und pflegten. Es gebe nichts, was nicht politisch sei, das habe schon Thomas Mann erkannt, ganz gleich, wie unbedeutend, egoistisch oder dumm es Außenstehenden vorkomme; Kelly sei wohl zu jung, um das zu begreifen.

»Jung? Ich bin überhaupt nicht jung. Ich fühle mich gar nicht jung.«

Die Worte platzten einfach heraus, und ihr Gelächter klang ziemlich schrill, so daß die anderen herschauten; auch *er* schaute sie an.

Senator, ich habe meine Abschlußarbeit über Sie geschrieben – das wollte sie erst dann sagen, wenn sie die Bemerkung auf eine ganz lässige und amüsante Art anbringen könnte.

— 23 —

Sie zog sich hoch, setzte dabei das Lenkrad als Hebel ein.

Sie zitterte unter der Anstrengung, wimmerte wie ein kleines, verängstigtes Kind.

Und bettelte wie ein Kind: *Hilf mir. Vergiß mich nicht. Hier bin ich.*

Wie viele Minuten waren vergangen, seit der Wagen von der Straße abgekommen war? Fünfzehn? Vierzig? Sie konnte das nicht richtig abschätzen, denn sie war eine Zeitlang bewußtlos gewesen, war plötzlich starr vor Entsetzen zu sich gekommen, weil etwas Schlangenartiges über ihr Gesicht, ihren Hals kroch und ihr Haar durchnäßte; keine Schlange, nichts richtig Lebendiges, sondern ein Schwall schwarzen Wassers, als der Wagen, der sich, auf der Seite liegend, offenbar in einem labilen Gleichgewicht befunden hatte, unter dem Druck der Strömung umkippte.

Als sie dann von völliger Dunkelheit umgeben festsaß, ohne zu wissen, wo sie sich befand, wie weit *er* weg war, versuchte sie keuchend, sich herauszuwinden, griff dabei tastend um sich, und ihre klammen Finger packten das zerbrochene Lenkrad, um es als Hebel zu benutzen, so wie *er* es getan hatte, als er sich hinausschob.

Das Lenkrad deutete ihr zumindest die Richtung an. Sie sah nichts, aber sie konnte Überlegungen anstellen: Wie weit die Fahrertür entfernt war, durch die sie hinausgelangen würde. Sie war sicher, daß sie die Tür aufstemmen könnte, denn *er* hatte es ja auch geschafft; sie sträubte sich gegen die Vorstellung, daß die Tür bereits bei dem Zusammenprall mit der Leitplanke aufgegangen, aber inzwischen von der Strömung zugedrückt worden war, von dem brausenden Wasser, das sie zwar nicht sah, aber fühlte, hörte und roch, das sie mit jeder Faser ihres Wesens spürte: Es war ihr Feind, es war etwas Bedrohliches, es war ihr Tod.

Sie wollte es nicht glauben, nicht für wahr halten.

Wenn du kein Optimist mehr bist, bist du tot.

Sie versicherte ihrer Mutter, sie sei ein braves Mädchen, doch ihre Mutter schien das nicht zu hören; sie blickte mit ihren ernsten, grauen Augen, die Kelly immer so schön vorgekommen waren, auf eine Stelle hinter Kellys Schulter und sagte rasch, als wäre ihr das peinlich: »Diese Art von Liebe ist nur ein...« (Kelly konnte das nicht genau hören, meinte aber, es könnte heißen: *ein Fieber, das einen ergreift*). »Sie ist nicht von Dauer, sie kann nicht lange währen. Ich weiß nicht mal mehr, mein Schatz, wann dein Vater und ich... das letzte Mal... so etwas... so etwas...« Ihre Mutter war jetzt sehr verlegen, machte jedoch tapfer weiter, denn das, so erinnerte sich Kelly plötzlich, war das Gespräch, das sie geführt hatten, als sie sechzehn Jahre alt gewesen war und im dritten Schuljahr an der Bronxville Academy – und sich Hals über Kopf in einen Jungen verliebt hatte. Sie hatten unbeholfen und freudlos miteinander geschlafen, für Kelly war es das erste Mal gewesen, und danach war ihr der Junge aus dem Weg gegangen, und Kelly hatte sterben wollen, hatte weder schlafen noch essen, hatte es einfach nicht ertragen können, so wie eine ihrer Schulfreundinnen, die allen Ernstes einen Selbstmordversuch unternommen hatte, indem sie ein ganzes Fläschchen Schlaftabletten schluckte zusammen mit einem halben Liter Whiskey. Ihre Freundin war dann in die Notaufnahme des Bronxville General Hospital geschafft worden; dort wurde ihr der Magen ausgepumpt und ihr Leben gerettet. Kelly wollte eigentlich nicht sterben, sie weinte in den Armen ihrer Mutter und beteuerte, sie wolle nicht sterben, sie sei kein Flittchen, sie wolle die Antibabypille nicht nehmen, auch wenn die anderen Mädchen das taten. Und ihre Mutter tröstete sie, ihre Mutter war immer da, wenn sie Trost brauchte, auch jetzt, obwohl Kelly sie nicht recht hören konnte (vielleicht wegen des brausenden Wassers und weil die Windschutzscheibe zwischen ihnen war), ja, ihre Mutter war da, um sie zu trösten.

Als ihr das schwarze Wasser über den Mund schwappte.

Nur indem sie Kräfte aufbot, die sie nach ihrer anfänglichen Benommenheit gar nicht mehr zu haben glaubte, gelang es ihr, teilweise loszukommen von dem, das ihr Knie umklammerte, und nun war ihr Fuß an der Reihe, ihr rechter Fuß, der völlig gefühllos war, unsichtbar, als existiere er gar nicht, vielleicht war er abgetrennt ... Aber dann wäre sie inzwischen verblutet, überlegte Kelly, es war ja viel Zeit vergangen. Auch die Zehen konnte sie nicht bewegen, sie spürte sie gar nicht, und selbst die Bezeichnungen *Zehen* und *Fuß* gerieten ihr so durcheinander, daß sie bald aufhörte, darüber nachzudenken, denn sie war ja eine Optimistin.

Kelly glaubt, sie sei so abgebrüht, so erfahren im Umgang mit der Welt, meinten ihre Freundinnen mit liebevollem Spott. *Aber wir wissen es besser!* Sie konnten nicht umhin, Kelly wegen des Reinfalls mit Dukakis zu hänseln und wegen ihrer hartnäckigen Loyalität gegenüber Carl Spader, der sie wie eine Tippmamsell behandele. Auf einer Party hatte sie mitbekommen, wie Jane Freiberg zu einem Mann sagte: »Ja, das ist Kelly Kelleher, ich mache Sie gern mit ihr bekannt; sie ist richtig nett, wenn man erst mal...« Kelly war schnell weggegangen, weil sie den Rest nicht hören wollte.

Es war so unhöflich, über sie zu reden, wenn sie sich in Hörweite befand. Solange sie noch am Leben war.

Daß ihre Freundinnen so über sie redeten! Wie konnten sie nur!

Kelly? – Wie schön.

Eine Stimme drang aus nächster Nähe in ihr Ohr. Doch sie sah kein Gesicht.

Sie konnte sich auch nicht richtig erinnern, wie er hieß; sie wußte nur, daß er sich abmühte, zu ihr zu gelangen. Er schwamm gegen die schnelle, unstete Strömung, sein Haar stieg rankenartig über seinem blassen, angsterfüllten Gesicht hoch, er streckte die Hand nach dem Türgriff aus, seine Finger suchten den Griff, der ihre Befreiung bedeutete, wenn sie nur genug Vertrauen aufbrachte, wenn sie sich nicht der Furcht, der Panik, dem Entsetzen, dem Tod überließ.

Hier. Hier bin ich.

Auf irgendeine Weise war sie auf etwas zu liegen

gekommen, das sie für das Dach des Unfallautos hielt. Das Dach hatte auf dem unsichtbaren Flußbett aufgesetzt und bewegte sich schaukelnd hin und her. Nicht weit weg von ihr war der Polstersitz, an den sie irgendwie noch immer angeschnallt war mit einem über ihre Schulter und ihren Hals führenden Gurt (*sollte die Wirbelsäule beim Fallen des Strafgefangenen nicht brechen, wird dieser langsam ersticken*), doch festgehalten wurde sie durch ihren rechten Fuß, der in dem verbogenen Metall eingeklemmt war. Er war gelähmt, taub, gefühllos, so völlig abgestorben, als wäre er aus Stein. War er abgetrennt? Oder war er noch dran?

Aber darüber wollte sie nicht nachdenken. Sie war ja eine Optimistin. Sie merkte nun, daß sie sich irgendwann erbrochen und dabei besudelt hatte, dachte aber gleich, daß das eine Wohltat sei, weil man nun aus ihrem Magen nicht mehr soviel giftiges Zeug herauspumpen müßte. Dieses Wasser war anders als jene saubere, wohlschmeckende, blaßblaue Flüssigkeit, die sie kannte, es war eine üble, zähflüssige Dreckbrühe, die nach Abwasser, Benzin und Öl schmeckte.

Hierher! Hilf mir...

Sie zog sich hoch, hielt sich, zitternd vor Anstrengung, aus dem einströmenden Wasser heraus, indem sie sich am Lenkrad festklammerte; wimmernd wie ein Kind, hämmerte sie sich ein: *Den Kopf hochhalten, damit der Mund frei bleibt* – dann könnte sie in der Luftblase Atem holen, die, vom Mond erleuchtet, über ihr schwebte.

Dieser helle, platte Mond! Solange sie ihn sehen konnte, war sie noch am Leben.

Wir schaffen es, Kelly. Wir schaffen es noch rechtzeitig.

Kelly begriff: Man vertraute darauf, daß sie durchhielt. *Er* vertraute darauf.

Ein Krankenwagen würde kommen. Mit Sirene und wild kreisendem, torkelnd durch das Sumpfland hüpfendem Rotlicht.

Lisa, das Mädchen mit der Zwillingsschwester, hatte einen Selbstmordversuch unternommen, indem es achtunddreißig Schlaftabletten schluckte. Man hatte Lisa abgeholt, man hatte ihr den Magen ausgepumpt und sie am Leben erhalten, und nachher, als im Unterricht und im Speisesaal allen auffiel, daß sie fehlte, hatten die Mädchen in einem ehrfürchtigen Flüsterton von ihr gesprochen.

Dieses Mädchen war ein Zwilling, es hatte eine Schwester, aber es hieß *nicht* Kelly Kelleher.

Kelly Kelleher hatte sich nämlich, als mit G. Schluß war, geschworen, sich niemals umzubringen, weil sie alles Leben für kostbar hielt.

Es kam also ganz auf ihre Energie an, auf ihren Willen. Darauf, daß sie ihre seelischen Kräfte mobilisierte. Sie durfte nicht nachgeben, nicht schwach werden. Selbst wenn das schwarze Wasser immer weiter anstieg und ihr über das Kinn, den Mund schwappte: *Den Kopf hochhalten...* Sie mußte wissen, was zu tun war, und mußte danach handeln.

Warum hatte sie denn gezögert, ihm zu sagen, daß sie sich verfahren hatten, warum hatte sie ihn nicht gebeten, umzudrehen und zurückzufahren? Weil sie ihn nicht brüskieren wollte.

An dem schwarzen Wasser war sie selbst schuld, das wußte sie. Wer traute sich schon, einen Mann zu kränken? Selbst wenn er nett war, ging das nicht.

Und er war wirklich nett gewesen. Obwohl er wußte, daß sie ihn beobachteten und sich gewisse Bemerkungen, manche seiner Späße genau merkten. Auch die Art und Weise, wie er beim Tennisspielen bei einem Volley im Eifer des Gefechtes die Kiefer aufeinanderpreßte und die Zähne entblößte.

Man kommt soweit, daß man der eigenen Worte, der eigenen »Berühmtheit« überdrüssig wird.

Und wie überraschend lieb er zu ihr gewesen war! Zu Kelly Kelleher, die so strahlend und selbstsicher war dort am Strand, als sie ihre neue, modisch dunkle Sonnenbrille trug, deren Spezialgläser die ultraviolette Strahlung absorbierten. Sie wußte, daß sie gut aussah; sie war keine Schönheit, doch manchmal weiß man einfach, daß es der richtige Moment ist, und man merkt, daß diesem Glück kein anderes gleicht.

Man wird sich bewußt, daß man eine junge Amerikanerin ist.

Sie hatte ihr altes Gewicht fast wieder erreicht. Ihr Haar fiel längst nicht mehr gleich büschelweise aus, es glänzte wieder, schimmerte, ihre Mutter hätte ihre Freude daran gehabt. Wie dumm und kindisch es gewesen war, G. den Tod zu wünschen, aber: *Natürlich denke ich jetzt anders, ich betrachte dich als einen Freund.*

Dennoch hatte sie nicht sagen wollen, daß sie sich verfahren hatten, denn ihre eigene Mutter hatte sie gewarnt: Kein Mann läßt es sich gefallen, von einer Frau zum Narren gemacht zu werden, auch wenn sie zehnmal die Wahrheit sagt, auch wenn er sie noch so sehr liebt.

Und dann klappte es auf einmal: Die Luftblase hatte sich stabilisiert.

Als sie die Luftblase, welche gegen die von oben herunterhängenden Sitze stieß, mit ihren halbblinden Augen betrachtete, kam ihr diese seltsam unförmig und leuchtend vor. *Die Luft strömt jetzt nicht mehr aus,* dessen war sie sich sicher. Sie würde mit ihren saugenden Lippen dranbleiben, würde weitersaugen wie ein Baby, bis Hilfe käme und sie gerettet würde.

— 24 —

In einem vorwurfsvollen, fast grimmigen Ton hatte er gesagt: »...der Golfkrieg hat Ihrer Generation eine schlimme Vorstellung vom Krieg und von der Diplomatie vermittelt: nämlich den Irrglauben, daß Kriege leicht zu führen seien, daß der Krieg für die Diplomatie die Patentlösung sei.«

Obwohl sie sich geschmeichelt fühlte (wie konnte es

auch anders sein, wenn ein berühmter Mann so engagiert mit ihr redete und die anderen dabei fast völlig vernachlässigte), sagte sie rasch: »Senator, so etwas wie ›meine‹ Generation gibt es nicht. Wir unterscheiden uns durch die Hautfarbe, die Klassenzugehörigkeit, den Bildungsstand, den politischen Standort – sogar durch die Geschlechtszugehörigkeit. Das einzig Verbindende ist unsere Unterschiedlichkeit.«

Der Senator ließ sich diese Bemerkung durch den Kopf gehen.

Er nickte nachdenklich. Und lächelte.

»Aha. Da muß ich wohl in Zukunft ein bißchen vorsichtiger sein, wie?«

Dabei lächelte er sie an und schaute ihr voll ins Gesicht. Wie hieß sie doch gleich? – Allen war klar, daß der Senator mächtig beeindruckt war von der attraktiven, redegewandten Freundin des Mädchens, mit dem Ray Annick zur Zeit ein Verhältnis hatte.

Und die Ursprünglichkeit und Schönheit der Nordküste von Grayling Island – der salzige Geruch der Luft, das leuchtende Wasser des offenen Meeres, die gezackten, brechenden, weiß bekrönten Wellen, so herrlich alles, daß man es am liebsten in sich aufgenommen hätte, ein Teil davon geworden wäre.

— 25 —

Kelly! Kelly! Sie hörte, daß jemand ihren Namen von oben herunterrief. *Kelly!* dröhnte es jetzt ringsum, hallend zog ihr Name durch das schwarze Wasser.

Hier bin ich! Hier!

Spritzend und schäumend umgab das schwarze Wasser ihren Mund; diese übelriechende Flüssigkeit, die ganz anders war als das Wasser, das sie kannte. Doch sie hielt den Kopf so hoch hinauf, wie sie nur konnte, auch wenn ihr Hals unter der Anstrengung zitterte. Sie hatte ihr Gesicht, ihren Mund in eine Luftblase gedrückt, die allmählich zur Neige ging; sie wußte nicht, wo diese Stelle war, ahnte nur, daß sie nicht weit weg war vom Beifahrersitz des umgestürzten Autos, vielleicht unterhalb des Handschuhfaches – dort, wo sie ihre Knie gehabt hatte, als sie noch saß. Ihre Knie, ihre Füße.

Doch ihr fiel nicht mehr ein, wie man diese Stelle nannte. Nicht nur die Worte fehlten ihr, auch die Logik, die diese verband.

Nicht einmal das Wort *Luft* fiel ihr ein, sie wußte nur, spürte nur, daß ihre saugenden Lippen etwas brauchten.

Der vom Mondlicht erhellte Hohlraum wurde immer wieder ein bißchen größer und dann ein bißchen kleiner, doch das Wort *Licht* war ihr entfallen, sogar das Wort *Leben*.

Als das schwarze Wasser ihre Lunge füllte, als sie starb.

Nein, sie schaute den Männern beim Tennisspielen zu. Sie stand zusammen mit Felicia Ch'en und Stacey Miles oberhalb des stattlichen Tennisplatzes der St. Johns, umgeben von den stacheligen Ranken einer Wildrose. Kelly betastete die Blütenblätter, streichelte die Dornen, grub die Nägel in die roten, fleischigen Beeren – ein Tick von ihr, wenn sie nervös war, eine von ihren schlechten Angewohnheiten, gegen die sie nicht ankam, denn das lief weitgehend unbewußt ab, so wie jetzt, während sie sich den kraftvollen Ballwechsel anschaute, während sie ihn betrachtete. Stacey sagte lachend: »Bei den Muskeln – das sieht man ja ganz genau – zeigt sich der Unterschied. Schaut euch mal ihre *Beine* an.«

Der Senator war der längste Mann auf dem Platz, da Lucius seine Körpergröße nicht einsetzte, sondern schlau aus einer geduckten Haltung agierte. Die jungen Frauen bestaunten das Geschehen, applaudierten, machten Schnappschüsse, schlenderten fort und kehrten wieder zurück. Denn es war ein faszinierendes Schauspiel: zu erleben, wie Männer auf dem Tennisplatz ihr wahres Ich zeigen, wenn sie mit anderen Männern wetteifern. Ein Herrendoppel stellt ein echtes Kräftemessen dar, ist eine riskante Unternehmung. Der Senator und der mit ihm befreundete Rechtsanwalt Ray Annick waren gerne bereit gewesen, als Team aufzutreten; ihre Gegner waren so jung, daß sie ihre Söhne hätten sein können. *Bei einem Mann wirkt sich das Älterwerden zuerst in den Beinen aus,* doch ein kluger Spieler weiß, wie man mit seinen Kräften haushaltet und andere dazu bringt, sich zu verausgaben. Der Senator bewegte sich leichtfüßig über den Platz, es war klar, daß er seit seiner Jugend Tennis gespielt und jahrelang Unterricht genommen hatte. Es gelang ihm daher, vertrackte Bälle in den Rücken der Gegner zu schlagen, Bälle auf erstaunliche Weise gerade noch übers Netz zu bugsieren und Angaben mit maschinenartiger Präzision auszuführen, so daß diese allem Anschein nach jeden gewünschten Punkt erreichten. Kelly und die anderen Zuschauer waren beeindruckt. Sie zeigten ihre Bewunderung, und es entging ihnen nicht, wie nobel der Senator manche gegnerischen Bälle für gut erklärte, obwohl es ganz danach aussah, daß sie draußen waren.

Er zeigte viel Sportsgeist. Manche Menschen können ebenso schwer gewinnen wie verlieren.

Doch als ein Spiel aufs andere folgte, gewannen die Gegner allmählich die Oberhand. Lucius mit seinem bizarren ersten Aufschlag und Staceys Liebhaber mit seinen verbissenen Sprints zum Netz und seiner unberechenbaren Rückhand machten dem Senator und Ray Annick schwer zu schaffen; die Sonne, der böige Wind und der reparaturbedürftige Platz der St. Johns taten ein übriges. Kelly verschwand taktvollerweise, bevor der letzte Satz zu Ende war, denn es wäre ihr nicht recht gewesen, wenn der Senator gemerkt hätte, daß sie zuschaute, wie er lächelnd die Niederlage einsteckte und seinen jungen Gegenspielern die Hände schüttelte.

Sie wollte nicht hören, was die Männer bei solchen Anlässen zueinander sagten, um manches andere verschweigen zu können.

Nein, sie ging den Strand entlang, ihr Haar flatterte im Wind, den gelben Baumwollumhang hatte sie lose über den weißen Badeanzug gelegt, und ihre langen Beine, die von der Sonne eine rosa Tönung bekommen hatten, waren glatt und stark. Sie ging den Strand entlang, und neben ihr ging der hochgewachsene, breitschultrige, attraktive Mann, groß wie ein Bär, mit graumeliertem, lockigem Haar, ein bekanntes Gesicht, ein angenehmes Gesicht, wie eine Sonnenblume, ein freundliches Gesicht wie das eines Onkels – mit blauen, tiefblauen Augen, die leuchteten wie blankgeputztes Glas.

Und welch starkes, welch eindringliches Interesse er an Kelly Kelleher zeigte. Wie schmeichelhaft!

Er erkundigte sich nach ihrer Tätigkeit bei Carl Spader, nach ihrem Werdegang, ihren Lebensumständen; einmal nickte er eifrig und sagte, er habe ihren Artikel im *Citizens' Inquiry* über die Todesstrafe gelesen – er sei sich dessen sicher.

In einem nach wie vor saloppen Ton und mit einem verschmitzten, verbindlichen Lächeln wollte er überdies wissen, ob sie zur Zeit einen Freund habe.

Und ob sie schon mal auf den Gedanken gekommen sei, in Washington zu arbeiten.

Und ob sie vielleicht irgendwann Interesse an einer Anstellung in seinem Mitarbeiterstab hätte.

Kelly wurde rot vor Entzücken, murmelte aber gelassen: »Das kommt ganz darauf an, Senator.«

Zweifellos.

Der Senator hatte sich taktisch klug verhalten. Er war 1988 beim Parteikonvent der Demokraten dabeigewesen und hatte Michael Dukakis' Vorschlag, er solle für den Posten des Vizepräsidenten kandidieren, abgelehnt. Ihm war es lieber, daß Bentsen die zweitbeste Startposition bekam und gegen den albernen Quayle antrat; er selbst wollte für die Präsidentschaft nominiert werden und für nichts anderes.

Ein noch schlauerer Schachzug war, daß er damals seine Nominierung erst gar nicht mit Nachdruck betrieben hatte, weil er im Gegensatz zu Dukakis begriffen hatte, daß die Demokraten in jenem Wahljahr nichts erreichen würden, auch wenn sie sich noch so sehr anstrengten.

Eben dies hatte Kelly Kelleher nicht begriffen. Sie hatte geglaubt, die Reagan-Jahre, jener schlimme geistige Niedergang, jene Heuchelei, jene Grausamkeit und die mit einem kosmetisch geschönten Lächeln vorgetragenen Lügen hätten dem amerikanischen Volk endlich die Augen geöffnet.

Doch blind war Kelly selbst gewesen, und dumm dazu. Jetzt, Jahre später, an diesem 4. Juli, lachte sie darüber, als sie mit einem Mitglied des Senats spazierenging, an winzigen amerikanischen Flaggen vorbei, welche die Kinder von Buffys Nachbarn in den Sand gesteckt hatten; daß sie erschöpft und niedergeschlagen gewesen war, lieferte ihr Stoff für eine amüsante, selbstkritische Anekdote.

Der Senator lachte jedoch nicht. Er sagte mit Nachdruck: »Gott, ich kenne das. Mir war selbst nach Sterben zumute, als Stevenson gegen Eisenhower unterlag – ich habe diesen Mann geliebt.«

Kelly war verblüfft über dieses Geständnis. Konnte ein Mann einen anderen Mann lieben?

Gar in politischer Hinsicht? Der Senator redete über Adlai Stevenson, und Kelly hörte aufmerksam zu. Sie brachte Stevenson Achtung entgegen, wußte jedoch nicht allzu genau Bescheid über ihn. Selbstverständlich hatte sie die betreffende Ära der amerikanischen Geschichte studiert, die Eisenhower-Jahre (vom »Eisenhower-Phänomen« hatte ihr Professor gesprochen), aber sie wollte sich nicht abfragen lassen. Sie wollte nicht auf die Verachtung zu sprechen kommen, die ihr Vater Stevenson gegenüber an den Tag gelegt hatte; sie konnte sich auch gar nicht mehr erinnern, ob Stevenson nur bei einer Wahl kandidiert hatte oder bei zwei Wahlen. In den frühen fünfziger Jahren?

»Haben Sie denn für ihn gearbeitet, Senator?« fragte sie vorsichtig.

»Ja, beim zweiten Mal. Im Jahr 1956. Da war ich in Harvard im zweiten Studienjahr. Beim ersten Mal, als er es fast geschafft hätte, war ich noch ein Junge.«

»Waren Sie immer politisch aktiv?«

Er lächelte froh und zeigte dabei seine kräftigen Zähne. Auf diese Frage hatte er offenbar gewartet.

»›Der Staat ist eine Schöpfung der Natur, und der Mensch ist ein politisches Wesen‹ – von Natur aus.«

Das war wohl ein Zitat – von Aristoteles?

Auch Kelly Kelleher, die im Verlauf des Nachmittags ein ungewohntes Quantum Bier getrunken hatte, lachte fröhlich, als wäre das ein Grund zum Feiern: der Wind, der ihr durchs Haar fuhr, die Schönheit dieser Insel, Grayling Island in Maine; das einschläfernde Rauschen der Brandung, die Steilküste hinter dem Strand, kieseldurchsetzter Sand, der sich kilometerweit hinzog, mit wilden Rosen und gewaltigen, vom Wind geformten Dünen als Verzierung, die seltsam faltig und gewellt waren, so als hätte jemand einen riesigen Rechen ganz sorgfältig über sie hinweggezogen. Was für ein Segen ruhte auf Kelly Kellehers Leben, daß sie hierher gelangen durfte!

Es war ungewöhnlich, daß sie sich so frech, so kokett gab, daß sie den Senator schelmisch fragte: »Gilt das auch für Frauen? Sind Frauen ebenfalls politische Wesen?«

»Manche Frauen schon. Ab und zu. Das ist bekannt. Doch in der Regel finden Frauen die Politik langweilig. Den Machtkampf egozentrischer Männer. Ist das nicht wie im Krieg? Der ist jenseits des Getümmels ebenfalls von einer stumpfsinnigen Monotonie.«

Damit gab sich Kelly nicht zufrieden. Als wäre dies ein Seminar und Kelly Kelleher eine der Wortführerinnen, sagte sie mit einem Stirnrunzeln: »Die Frauen können sich's nicht leisten, die Politik als ›langweilig‹

abzutun! Nicht zum gegenwärtigen Zeitpunkt! Nehmen wir mal den Obersten Gerichtshof, die Frage der Abtreibung ...«

Sie gingen jetzt viel langsamer. Sie waren außer Atem und erregt.

Kellys zarte Fußsohlen brannten von dem heißen, hellen Sand. Doch der Wind ließ auf ihren Armen eine Gänsehaut entstehen. Hier war die Temperatur bestimmt fünfzehn Grad niedriger als zu Hause in Boston.

Als der Senator die Gänsehaut sah, streichelte er ihren Arm mit dem Zeigefinger. Kelly zitterte unter dieser Berührung noch mehr.

»Ist Ihnen kalt, meine Liebe? Was Sie da anhaben, ist ja ziemlich dünn.«

»Nein, nein. Mir geht's gut.«

»Sollen wir umkehren?«

»Aber wieso denn?«

Diese unvermittelte Intimität, ihren Arm zu berühren. So dicht bei ihr zu stehen, auf sie herunterzuschauen.

Ganz bedächtig, ganz langsam, so als wäre er von übertriebener Höflichkeit, ergriff der Senator Kelly Kellehers Schultern und senkte den Kopf, um sie zu küssen. Ihre Augenlider flatterten, sie war völlig überrascht und zudem aufgeregt, denn es passierte ja doch so rasch, so unvorhergesehen. Aber als er sie küßte, dauerte es nur einen Augenblick, und schon hatte sie sich gefangen; die Fersen in den krustigen Sand gedrückt, lehnte sie sich an ihn und nahm den Kuß entgegen, als stünde er ihr zu, als wäre er eine natürliche, eine unausweichliche und wünschenswerte Weiterentwicklung ihrer Unterhaltung. Seine Zunge wehrte sie keck und spielerisch mit den Zähnen ab.

Nett das war das. Sehr nett. Kein Zweifel.

Als das schwarze Wasser ihre Lunge füllte, als sie starb.

— 26 —

Doch plötzlich wurde sie, angeschnallt auf einer Trage liegend, in blendendem Licht dahingeschoben; Lampen schienen auf sie herunter, fremde Menschen blickten auf sie herunter, ringsum der scharfe Krankenhausgeruch. Man pumpte schwarzes Wasser aus ihrer Lunge, pumpte das giftige Zeug aus ihrem Magen, auch aus ihren Venen, innerhalb weniger Minuten, ja in Sekundenschnelle. Für das sterbende Mädchen bestand das Ärzteteam aus lauter Fremden, die sich jedoch um die Patientin bemühten, als wäre sie eine nahe Verwandte. Und wie schnell sie handelten, wie entschlossen sie vorgingen! Sie wollte ihnen klarmachen, daß sie bei Bewußtsein war, daß sie ihr nicht weh tun sollten. Es war ihr schrecklich, daß sie angeschnallt dalag; daß jemand, der hinter ihr stand, mit seinen behandschuhten Händen ihren Kopf festhielt; daß ihr ein Schlauch durch den Schlund gezwängt wurde, der so lang, so entsetzlich, so unglaublich lang war, der ihre Kehle wundrieb, an dem sie fast erstickte, so daß sie sich übergeben wollte, es aber nicht schaffte. Sie wollte schreien, brachte es aber nicht fertig, und mitten in einem Krampf fing ihr Herz an zu flattern und setzte aus, und sie starb; sie lag im Sterben, doch sie standen bereit, selbstverständlich standen sie bereit, angespornt durch diese Herausforderung; sie achteten genau auf ihr versagendes Herz, stimulierten es mit starken Stromstößen, riefen: Ah! Ja! Gut so! Noch einmal! So! Nochmal! Ja! Der Leichnam der jungen weiblichen Person wurde wiederbelebt, innerhalb von fünf Sekunden setzte die Herztätigkeit wieder ein, die Sauerstoffzufuhr zum Gehirn funktionierte wieder, und allmählich strömte wieder Farbe und Leben in die marmorartige Haut. Aus den Augen rannen Tränen, und aus dem Reich des Todes trat dieses Leben: ihres.

Lieber Gott, laß Lisa nicht sterben, bitte, laß sie nicht sterben. Sie und einige andere Mädchen warteten im Vorzimmer, starr vor Hysterie: *O Gott, bitte.* Drei oder vier Mädchen aus dem Wohnheim und die Betreuerin, die nur ein paar Jahre älter war. Kelly Kelleher hatte gesehen, wie Lisa im Badezimmer zusammenbrach, Kelly Kelleher war schreiend zur Wohnung der Betreuerin gerannt, und nun verbrachte sie die Nacht im Wartezimmer neben der Notaufnahme des Bronxville General Hospital. Was für ein Schock, was für ein Trauma: mitanzusehen, wie eine von ihnen auf einer

Trage fortgeschafft wurde, bewußtlos, die Augen aufgerissen, der Mund offen, mit zuckender, triefender Zunge, als hätte sie einen epileptischen Anfall. Kelly hatte, die Fingerknöchel an den Mund gepreßt, hingestarrt, und dabei hatte sie gedacht: *Es ist ja gar nicht Lisas Leben, es ist einfach – das Leben.* Sie hatte gemerkt, daß es wegfloß wie Wasser aus einem Ausguß, Lisa war vielleicht schon tot – würde es ihnen gelingen, ihr jenes Leben zurückzugeben?

Es gelang ihnen.

Sie erfuhren später, daß Lisa Gardiner und ihre Zwillingsschwester Laura (mit der sie nie zusammengetroffen waren – Laura besuchte in Massachusetts die Concord Academy) drei Jahre zuvor, als beide noch zu Hause wohnten und in Snyder, New York, in die achte Klasse einer Mittelschule gingen, mit Schlaftabletten einen gemeinsamen Selbstmordversuch unternommen hatten. Einige von ihnen ärgerte das.

Warum nahmen manche Mädchen Anstoß daran? Weil sie so betroffen, so aufgewühlt gewesen waren, als Lisa in Lebensgefahr geschwebt hatte; es war nur noch von Lisa die Rede gewesen – wie die Sanitäter die Treppe hochgestürmt und ins Badezimmer gerannt waren und Lisa fortgeschafft hatten. Und davon, daß sie im Grunde gestorben sei, daß die Herztätigkeit aufgehört habe. Wie sonderbar! Wie schrecklich! Unfaßbar! Dieses Getue wegen Lisa Gardiner, die immer im Mittelpunkt stehen wollte, ging ihnen allmählich gegen den Strich; all das Gerede über den Tod, über das Sterben ging ihnen mit der Zeit auf die Nerven.

Als Lisa mal auf Besuch vorbeikam, war Kelly diejenige, die betont freundlich zu ihr war, die auch ein ernstes Gespräch mit ihr führte. Die beiden Mädchen, die einander nicht besonders nahegestanden hatten, redeten in der Diele eifrig miteinander. Die anderen fragten sich, was Lisa wohl zu erzählen hatte, warum Kelly Kelleher davon so fasziniert war; Lisa mit der ziemlich niedrigen Stirn, mit dieser Stupsnase, die so aussah, als zöge sie sie immer verächtlich hoch, und Kelly mit dem abgehärmten, aber hübschen Gesicht, dem melancholischen Mund. »Die Menschen unterscheiden sich nicht so besonders voneinander, und sie haben auch nicht allzuviel Entschlußkraft«, sagte Lisa in einem klanglosen, näselnden, nachdenklichen Ton. »Wenn du ein Zwilling bist, ist dir das sonnenklar.«

Mir aber nicht. Ich will nichts davon wissen, ich will nichts mit dir zu tun haben, ich bin nicht deine Schwester, wir sind keine Zwillinge, ich bin nicht du.

— 27 —

Sie konnte die Sirene hören, konnte sehen, wie der Krankenwagen die ausgefahrene, namenlose Sandpiste entlangraste und das rote Licht auf dem Dach sich drehte wie ein Kreisel.

Sie hatte ein Würgen in der Kehle, denn der Schlauch steckte schon in ihrem Mund. »Ein schwarzer, gewundener Schlauch, so dick, so lang, du glaubst gar nicht, wie lang der war!« hatte Lisa kichernd erzählt. Dabei hatte sie die Arme ausgestreckt, in den Augen ein irres Funkeln, und *hatte sich die Lippen geleckt*. (»Nicht zu fassen!« hatte Buffy St. John dazu gesagt, Jahre danach. »Das ist ja pervers!«)

Als Kelly Kelleher gerade dabei war, ihre Sachen hastig in ihren Koffer zu stopfen, hatte Buffy sie im Spaß gekniffen, aber das hatte richtig weh getan. Und Buffy hatte schmollend gesagt: »Warum willst du denn jetzt schon weg, kannst du nicht noch ein bißchen bleiben?« Und Kelly Kelleher hatte gemurmelt: »Ach, Buffy, das tut mir ja so leid, aber ich habe doch diesen Sonnenbrand am Hals und im Gesicht...« Sie wußte, was Buffy nachher über sie sagen würde – nicht über den Senator, sondern über sie: »Und ich habe geglaubt, Kelly Kelleher sei meine Freundin!« Kelly war jedoch so verlegen, daß sie das, was beiden von ihnen bewußt war, nicht aussprechen konnte.

Wenn ich das, worum er mich bittet, nicht tue, wird es kein Später geben.

Als er sie an dem nicht besonders dicht bevölkerten, aber keineswegs menschenleeren Strand mehrmals küßte, saugend und tastend küßte, wollte er unbedingt weiter vordringen. Sie spürte, wie sich Verlangen regte, doch es war nicht ihr Verlangen, sondern das des Mannes. So wie Kelly Kelleher seit ihrer Mädchenzeit beim Küssen kein eigenes Verlangen empfunden hatte, sondern nur das Begehren des Mannes; es kam mit der Schnelligkeit und der Wucht eines Elektroschocks.

Als sie wieder Atem holen konnte, spürte sie auch, wie sich altbekannte Ängste und Schuldgefühle ausbreiteten: *Ich habe dich dazu gebracht, daß du mich begehrst, und jetzt darf ich nicht nein sagen.*

Aus nächster Nähe erkannte Kelly, daß der Senator gar nicht so gut aussah, daß er vielleicht nicht einmal gesund war; er hatte eine stark gerötete, fleckige Haut und geplatzte Äderchen an der Nase und an den Wangen. Seine Pupillen zeigten ein klares Blau, doch die Lider waren etwas geschwollen, und die großen, hervortretenden Augäpfel waren rötlich gefärbt. Er schwitzte und atmete schwer, als ob er gerannt wäre und keine Kondition mehr hätte.

»Kelly. Wie schön du bist.«

Und als Kelly keine Erwiderung einfiel, fügte er hinzu: »Was soll ich bloß mit dir machen, Kelly? Der Tag ist noch lang – werden wir zusammenbleiben?«

Einer seiner Assistenten habe ihm in einem Motel in Boothbay Harbor ein Zimmer besorgt, was angesichts des Feiertages gar nicht so einfach gewesen sei. Er habe jedenfalls ein Zimmer, er habe es auch schon bezogen, es stehe zu seiner Verfügung. Wo Kelly denn die Nacht verbringe?

Sie sagte, sie übernachte natürlich bei Buffy. Sie sei Gast des Hauses und wolle das ganze Wochenende dort verbringen, bis Sonntag.

Der Senator übte keinerlei Druck aus, er zeigte sich vielmehr etwas verwirrt. Als hätte er seine frühere Frage vergessen, erkundigte er sich nochmals, ob sie einen Freund habe oder einen Verlobten, ob er an der Party teilnehme. Vielleicht dieser interessante junge Schwarze vom Massachusetts Institute of Technology?

Das marineblaue, eng an den Oberarmen anliegende Polohemd des Senators war schweißnaß. Seine Leinenhosen waren am Gesäß zerknittert.

Er roch ein bißchen nach Bier und Rasierwasser und ganz eindeutig nach Männerschweiß. Fast genüßlich zog Kelly die Nasenlöcher zusammen. Und lächelte.

Zornig schluchzend erklärte sie jetzt ihren Eltern, sie sei kein Flittchen, ganz bestimmt nicht. Er sei zwar ein verheirateter Mann, aber er lebe nicht mit seiner Frau zusammen. Diese bestehe auf der Trennung; sie habe ihn weggeschickt, ja hinausgeworfen. Zum Glück seien die beiden Kinder längst erwachsen und könnten sich ihr eigenes Urteil bilden. Ein Mann wie der Senator sei eben anderen Menschen zugetan, Männern wie auch Frauen, er wolle neue Bekanntschaften schließen und mit den Leuten diskutieren, er sei begierig... Vielleicht liege es einfach an dieser Gier: zuzubeißen, alles bis aufs Mark auszusaugen, bis zum letzten auszukosten. *Mein Gott, nur so merkt man, daß man lebt!*

Mr. Kelleher fand das offenbar verständlich. Andererseits wäre er ja ein gottverdammter Heuchler gewesen.

Mrs. Kelleher war aufgebracht und sehr empört. Als Kelly die erzürnte Miene ihrer Mutter sah, wand sie sich vor Schuldgefühl, aber sie wurde auch fuchsteufelswild: Mami, hör bloß auf, dir darüber den Kopf zu zerbrechen! Die Mütter meiner Freundinnen kommen ganz gut zurecht damit!

Bei mir ist das anders, Kelly: Ich liebe dich.

Ach du meine Güte! Laß mich doch in Ruhe!

Ich liebe dich, ich möchte, daß du niemals leiden mußt, Kelly. Davor möchte ich dich beschützen, nichts anderes hatte ich je im Sinn. Ob du es glaubst oder nicht: das dachte ich schon im Krankenhaus, als du geboren wurdest, als ich wußte, daß du ein Mädchen bist. Das war der glücklichste Moment meines ganzen Lebens, und ich gelobte: Ich werde es niemals zulassen, daß meine Tochter leiden muß, wie ich habe leiden müssen; ich werde mein Leben für sie geben, das schwöre ich bei Gott.

Mami weinte, und Kelly weinte ebenfalls. Spuckend und würgend drehte sie den Kopf von einer Seite zur anderen, im Mund den Geschmack von Öl, Benzin und Abwässern. Sie wußte nicht recht, wo sie sich befand, warum ihr Rückgrat so verbogen war, warum ihre Beine so verdreht waren. Wo war oben und unten? Sie fand sich im Dunkel nicht zurecht; das schwarze Wasser drückte jetzt von allen Seiten auf sie ein, schäumend, immer höher steigend, begierig, in ihren Mund einzudringen und in ihre Lunge.

Sie ließ sich erweichen und sagte: *Also gut, Mami, ich glaub's dir. Bring mich heim, Mami. Hier bin ich.* Es war nicht klar, ob ihre Eltern zum Unfallort gerufen worden waren und nun vom Ufer aus zuschauten, wie das Auto aus dem Fluß gehievt wurde, oder ob sie sich schon im Krankenhaus befanden und vor der Notaufnahme warteten. Kelly war auch verblüfft, daß ihre Eltern anders aussahen, als sie sie in Erinnerung hatte – so jung, so anziehend. Waren sie in ihrem Alter?

Mami war eine Schönheit, sie hatte ein faltenloses Gesicht, klare Augen und eine mit Haarspray gefestigte, toupierte Frisur – so albern, aber auch wieder prächtig!

Wie gut Daddy aussah, wie schlank er war! Und sein Haar so dicht und lockig und kupferfarben wie Kellys eigenes, so wie es vor Jahren gewesen war.

Sie hatte ihre Eltern schon immer geliebt, doch jetzt, in ihrem eigenen prekären Erwachsenendasein, liebte sie sie noch mehr. Aber wie sollte sie das zum Ausdruck bringen, wie in Worte fassen, und wann war der richtige Zeitpunkt, es ihnen zu sagen?

Ach, Mami und Daddy, ich liebe euch; ich hoffe, ihr wißt das. Bitte, laßt mich nicht sterben, ich liebe euch doch. Okay?

Sie hatte ihre funkelnagelneuen Lacklederschuhe ausgezogen und lief in ihren kurzen weißen Söckchen auf Omas kratzigem Teppich herum, quietschte vor

Lachen, als die flinken, harten Hände von hinten nach ihr griffen, um sie hochzuheben – es überraschte sie immer, was für kräftige Hände andere Menschen hatten, insbesondere Männer. Er rief: *Wen haben wir denn da? Wer ist denn das? Hmm. Wie heißt denn dieses kleine Zuckerpüppchen, wer ist denn das?* Er hob das strampelnde, kreischende Kind hoch über seinen Kopf empor, und bald darauf hörte sie, wie er von Mami und Oma gescholten wurde wegen seines Blutdrucks und wegen seiner Unbedachtheit: Es hätte nicht viel gefehlt, sagten sie, und das Kind wäre zu Boden gefallen.

Er hatte ihr zugezwinkert. Opa liebte sie so sehr.

Jetzt wurde ihr kalt, und sie spürte, in was für einer entsetzlichen Situation sie sich befand: Wenn das schwarze Wasser ihre Lunge füllte, wenn sie starb, würden es ihre Eltern und ihre Großeltern erfahren, und sie würden ebenfalls sterben.

O Gott, nein, o nein. Das darf nicht sein.

Sie liebten Kelly so sehr, es würde sie umbringen.

Da fiel ihr plötzlich zu ihrer Erleichterung ein: Opa Ross war schon tot, ihm bliebe es erspart.

Vielleicht müßte man es Oma gar nicht sagen? Kelly hielt das einfach nicht für nötig.

Mami, du weißt doch bestimmt, worauf es mir ankommt? Bist du einverstanden? Daddy? Einverstanden?

28

Überall auf Grayling Island wuchsen, am Boden entlangrankend, Wildrosen mit herrlichen rosa- und lavendelfarbenen Blütenblättern und stacheligen, tükkischen Stengeln. Kelly fuhr geistesabwesend mit den Fingerspitzen über die scharfen Dornen, als sie den Männern beim Tennispielen zuschaute... *Rosa rugosa* hießen sie oder auch *Rosa virginiana*.

Überall Wildrosen. Mit ihren Blüten zierten sie den ockerfarbenen Strand.

Und die Früchte an den Büschen ähnelten winzigen Pflaumen; auch sie waren schön und wirkten fast erotisch, weil sie aussahen, als wären sie prall mit Blut gefüllt. Kelly berührte sie ebenfalls, strich mit den Fingerspitzen über sie hinweg, grub die Nägel hinein.

»Hagebutten«, sagte der Senator. Seine Großmutter habe sie als Tee aufgebrüht, erzählte er. Ob Kelly Hagebuttentee möge? Kräutertees seien ja heutzutage sehr beliebt. Seine Großmutter habe auch Marmelade gekocht aus Hagebutten, wenn er sich recht erinnere. Aus Hagebutten, vielleicht auch aus Johannisbeeren oder Heidelbeeren.

Buffy schüttete in der Küche Eiswürfel in einen Behälter; sie verzog dabei das Gesicht und sagte: »Du und der Senator – ihr versteht euch aber prima!« Sie lächelte verstohlen, und Kelly lächelte ebenfalls. Sie spürte, wie ihr die Hitze ins Gesicht stieg und murmelte: »Naja.« Dann trat eine Pause ein, eine weitere

Ladung Eiswürfel landete krachend in dem Plastikbehälter. Schließlich sagte Buffy etwas für sie sehr Typisches, etwas, bei dem man nicht recht wußte, wie man es auffassen sollte, ob als Warnung, als versteckte Beleidigung oder schlicht und einfach als Feststellung: »Vergiß nicht, er hat für die Unterstützung der Contras gestimmt.«

— 29 —

Kelly? Kelly? Komm her zu mir.

Plötzlich hörte sie ihn. Ganz in ihrer Nähe rief er nach ihr, er zog mit aller Kraft an der Fahrertür, so daß das Auto zu schwanken begann.

Sie versuchte zu sprechen, doch in ihren Mund drang Wasser. Sie bewegte den Kopf hin und her, spuckte das Wasser aus. *Hier bin ich, hier bin ich, hilf mir.* Zitternd vor Anstrengung zog sie sich mit dem linken Arm hoch, indem sie den kleinen, festen Muskel des linken Armes und die Schulter anspannte. Wie viele Minuten waren vergangen? Oder waren es Stunden? An diesem Ort, umgeben von schwarzem Wasser, schien die Zeit stillzustehen; daß sie verstrich, zeigte lediglich der Wasserspiegel, der unerbittlich immer weiter anstieg, der wie eine tickende Uhr war. Würde der Senator sie hier überhaupt sehen? In dieser Finsternis? In diesem Gefängnis, dieser Höhle, diesem Sarg oder was es auch sein mochte, das sie so zusammendrückte, in eine so verkrampfte Haltung zwang, das so eng war, daß man verkrüppelt sein mußte, ein verbogenes Rückgrat haben mußte, um hineinzupassen.

Seit sie bei Bewußtsein war, war ihr Kopf bleischwer vor Schmerz. Hinter ihren Augen Lichtflecke wie tief im Schädel bohrende Krebsgeschwüre. Ihr Gesicht schien empfindungslos geworden zu sein, weil sie den Mund schon so lange so angestrengt gespitzt hatte, nach Luft schnappend, saugend, während die Luftblase mit grausamer Verspieltheit davonglitt wie ein launisches Wesen, mal hierhin, mal dorthin hüpfte, so daß sie sich, vor Anstrengung schluchzend, abmühen mußte, um sie zu erreichen.

Hier bin ich. Hier bin ich. Hier!

Er war hinuntergetaucht in das schwarze Wasser, um sie zu retten, aber er war noch weit weg, alles war so dunkel, so undurchdringlich. Und sie begriff, daß sie ihn brüskiert hatte und daß die Beleidigung nicht wiedergutzumachen war.

Sie hatte die Lippen zusammengepreßt, als er mit der Zunge eindringen wollte. Sie hatte gemeint, es sei etwas ganz Zwangloses, ein Geschäker, auf dem Hintergrund gegenseitiger Wertschätzung und Achtung (sie war überzeugt, daß er ihr Achtung entgegenbrachte), und als sie die Lippen dann zögernd geöffnet hatte, war seine unförmige Zunge vorgedrungen, hatte er sein Verlangen gezeigt.

Wie beschämend, daß sie sich so verzweifelt an seinem Hosenbein, an seinem Schuh festgeklammert hatte! Als er um sich getreten hatte, um freizukommen! Seinen triefnassen Schuh hatte sie in der Hand behalten.

Seinen Schuh!

O Kelly! würden ihre Freundinnen prusten, würde Buffy, kreischend vor Lachen, sich die Augen reibend, rufen: Seinen Schuh!

Abwechselnd mit dem beschuhten und dem unbeschuhten Fuß auftretend, floh er humpelnd auf dem durchs Sumpfland führenden Weg, bis er die Landstraße erreichte, von der sie abgebogen waren. Dort mußte es einen Laden geben, der noch geöffnet hatte, eine Tankstelle, ein Gasthaus mit einem Telefonhäuschen.

Nein, es war noch gar nicht passiert. Die Sonne brannte am Spätnachmittag herunter, an diesem langen, lustigen Tag, der wie ein funkenstiebendes, sich fort und fort drehendes Feuerrad war.

Droben an Edgar St. Johns Fahnenstange hing die prächtige amerikanische Flagge, auf flatternder Seide ihr Rot, Weiß und Blau. Es war die längste Fahnenstange der Derry Road, wahrscheinlich die längste auf der gesamten Insel.

»Mein Daddy ist ein Patriot«, sagte Buffy. »Er hat zwanzig Jahre beim CIA gearbeitet, aber er hat nie eins über die Rübe gekriegt.«

Es war noch nicht passiert, denn Buffy tauchte wieder auf und ließ ihre Gäste posieren, damit sie Polaroid-Fotos machen konnte. Buffy in Jeans und Bikini-Oberteil, der falsche Pferdeschwanz glatt und dunkelglänzend über den halben Rücken fallend, die Finger mit den krallenartigen, grünlackierten Nägeln um die Kamera gelegt, die Zunge zwischen die weißen, glitzernden Zähne geklemmt. »Ach, steht doch mal still, bitte! Schaut mal rauf zu mir, bitte! Sie auch, Senator, ja? So ist's gut! Prima!«

Sie machte mehrere Aufnahmen vom Senator, wie er am Gartentisch stand, ein Bein auf die Bank gestellt, den Ellbogen aufs Knie gestützt. Lässig war diese Haltung, und Kelly stand direkt neben ihm, als hätte er den Arm um sie gelegt, in die Kamera lachend, als der Blitz aufleuchtete. Und der Senator lächelte vorsichtig, zeigte ein verkniffenes, fast nachdenkliches Lächeln, das, kaum daß es sich ausbreitete, schon wieder verschwand; in seinen Augen lag etwas Abwesendes, Bedächtiges, als überlege er gerade, was für eine Bildunterschrift zu diesem Feiertagsfoto passen könnte, wenn es in ganz Amerika und in zahlreichen anderen Ländern der Presse übermittelt würde, wenn es in den Fernsehnachrichten erscheinen würde.

Doch was die Zukunft bringen wird, kann man sich nicht vorstellen, auch wenn es die eigene ist.

An einem Fuß einen Schuh, am andern keinen. Humpelnd. Klatschnaß und bebend. Ein Gemurmel ausstoßend: O Gott! O Gott! O Gott!

— 30 —

... in den Vereinigten Staaten gegenwärtig noch fünf Hinrichtungsarten. Aus jüngster Zeit stammende Entscheidungen des Obersten Gerichtshofes. Rechtslage in den einzelnen Bundesstaaten. Bei Meinungsumfragen eindeutige Befürwortung der Todesstrafe. *Warum? – Weil sie abschreckend wirkt. Weil sie zu verstehen gibt: Es kann das Leben kosten.* Fünf Hinrichtungsarten, die älteste davon der Tod durch Erhängen. Letztmals im Jahre 1965 in Kansas praktiziert. Bei dem betreffenden Todeskandidaten dauerte es sechzehn Minuten; manchmal dauert es länger. In Montana weiterhin möglich. *Die einzige Abschreckung, die diesen Bestien einleuchtet.* In Utah Erschießungskommando. Im Staat New York seit 1890 elektrischer Stuhl. »Humane« Alternative zum Tod durch Erhängen oder Erschießen. Der/die Verurteilte wird in einem Stuhl angeschnallt, an einem Bein und an dem rasierten Kopf werden Kupferelektroden befestigt. Der Scharfrichter schaltet zuerst dreißig Sekunden lang den Strom an, und zwar mit einer Spannung zwischen 500 und 2 000 Volt. *Hier ist von hartgesottenen Kriminellen die Rede – von Mördern. Von denen, die geistig und moralisch untauglich sind.* Tritt der Tod beim ersten Stromstoß nicht ein, werden weitere Stromstöße verabreicht. Manche Herzen sind stärker als andere. Es kann zu Zwischenfällen kommen. Aus den verbrannten Körpern steigen Rauchfahnen auf, manchmal auch bläulich-orangefarbene Flammen. Es riecht nach gebratenem Fleisch. Wie beim Erhängen treten auch hier die Augäpfel mitunter aus den Höhlen und sinken auf die Wangen. Es kommt zu Erbrechen, Harnausstoß, Darmentleerung. Die Haut wird feuerrot, wirft Blasen und schwillt, bis sie schließlich platzt wie ein zu heißes Würstchen. Oft reicht die Stromstärke nicht aus, so daß der Tod nicht »augenblicklich« eintritt. Der Strafgefangene wird zu Tode gefoltert. *Das sind keine anständigen, zivilisierten Menschen wie unsereins, diese Leute stellen eine ernste Bedrohung der Gesellschaft dar, mit ihnen muß ein für allemal Schluß sein. Sonst kommen sie womöglich mit ein bißchen Knast davon, kriegen bald Bewährung – und fangen wieder von vorne an!*

Die Gaskammer, erstmals im Jahr 1924 in Nevada. Als »humane« Alternative allgemein befürwortet. Der/die Verurteilte wird in einem Stuhl angeschnallt, unter dem sich eine mit Schwefelsäure und destilliertem Wasser gefüllte Schüssel befindet; in diese fällt Natriumzyanid, es entsteht Wasserstoffzyanidgas. Die Sauerstoffzufuhr zum Gehirn wird sofort unterbrochen. Das Gefühl der Strangulierung führt beim Strafgefangenen zu extremen Angstzuständen. *Mit Rassismus hat das nichts zu tun, glauben Sie mir. Das ist nur so eine Behauptung. Vielleicht stimmt es, daß in den Vereinigten Staaten seit jeher mehr Schwarze hingerichtet wurden als Weiße, vielleicht ist es statistisch erwiesen, daß bei Weißen, die Schwarze umgebracht haben, die Todesstrafe seltener verhängt wird als bei Schwarzen, die Weiße umgebracht haben. Und es gibt gewiß große Unterschiede zwischen einzelnen Bundesstaaten, zwischen verschiedenen Bezirken, zwischen Ballungsräumen und ländlichen Gegenden. Die Anklage wird von Staatsanwälten erhoben, möglicherweise sind manche von ihnen rassistisch eingestellt, aber man kann doch bei Gott nicht erwarten, daß das Strafverfolgungssystem die gesellschaftlichen Probleme löst.* Heftige Krämpfe wie bei einem epileptischen Anfall. Hervortretende Augäpfel. Die Haut wird purpurrot. Auf die lebenswichtigen Organe keine unmittelbare toxische Auswirkung, der Tod tritt durch Ersticken ein. Ein Arzt: »Wohl die barbarischste und schmerzhafteste Todesart.«

Unter den »humanen« Methoden, mit denen Tötungen von Staats wegen durchgeführt werden, ist die Todesspritze die neueste und am nachdrücklichsten propagierte Prozedur. Sie wurde 1977 erfunden und erstmals in Oklahoma angewandt. Der/die Verurteilte wird auf eine Krankentrage geschnallt, daraufhin wird eine Katheternadel in eine Vene gestochen. Zuerst wird Sodiumthiopental eingespritzt, ein Barbiturat, dann 100 Milligramm Pavulon, ein Muskelrelaxans, schließlich Kaliumchlorid, das den Tod beschleunigt herbeiführen soll. *Manche dieser von Wissenschaftlern ausgeklügelten »weichen« Methoden sind viel zu gut für diese Bestien. Das sind doch keine menschlichen Wesen, das sind Monster. Warum soll man sie denn unbedingt am Leben erhalten, sie ernähren und pflegen? Wenn man bedenkt, welches Unheil sie bei anderen anrichten, gibt es keinen Grund, warum sie nicht leiden sollen. Wir können ruhig nach der Devise handeln: »Auge um Auge, Zahn und Zahn.«*

Bei der Suche nach »humanen« Alternativen geht es nicht so sehr um das Wohl des Todeskandidaten, sondern um das Wohl amerikanischer Bürger, die angesichts vorsätzlicher Morde, welche der Staat nach Belieben begeht, von einer Mitschuld freigesprochen werden möchten…

Er hatte ihr, Elizabeth Anne Kelleher, geschmeichelt, indem er hervorhob, er habe ihren Artikel im *Citizens' Inquiry* sehr wohl gelesen – möglicherweise habe er von einem seiner Mitarbeiter eine Kurzfassung erhalten.

»Warum haben Sie sich gerade dieses Thema vorgenommen?« fragte der Senator neugierig, und Kelly Kelleher schwieg einen Augenblick lang, weil sie nicht zugeben wollte, daß Carl Spader es ihr vorgeschlagen hatte. Dann sagte sie: »Das Thema hat mich schon lange interessiert. Je mehr man sich damit beschäftigt, desto widerlicher kommt es einem vor.« Das entsprach durchaus der Wahrheit.

Auch wenn sie sich deswegen mit ihrem Vater immer wieder gestritten hatte.

»Auge um Auge, Zahn um Zahn« – warum auch nicht? Das mag hart sein, das mag primitiv sein, aber es zeigt klipp und klar, daß mit ernsten Konsequenzen gerechnet werden muß.

Der Senator war natürlich, wie allgemein bekannt, ein Gegner der Todesstrafe.

Er verfocht seinen Standpunkt gegenüber den Bürgern seines Heimatstaates, in welchem die Todesstrafe (auf dem elektrischen Stuhl) nach wie vor galt, wo in Todeszellen immer noch Strafgefangene saßen, die, wenn alle Rechtsmittel erschöpft waren, auf ihre Hinrichtung warteten.

Natürlich hatte er Reden gehalten, hatte seine Eloquenz aufgeboten, hatte als Politiker eine ebenso entschlossene Haltung gezeigt wie sein Freund Mario Cuomo. In einer zivilisierten Gesellschaft sei die Todesstrafe fehl am Platz, weil es abscheulich sei, einen Menschen – aus was für einem Grund auch immer – umzubringen; die Gesellschaft begebe sich damit auf das primitive Niveau des Mörders. Doch das Schrecklichste von allem sei: Angesichts der im amerikanischen Strafverfolgungssystem herrschenden Willkür sei nicht auszuschließen, daß unschuldige Männer (und Frauen) zum Tode verurteilt würden – und damit eine Strafe erleiden müßten, die, im Gegensatz zu allen anderen, nicht mehr aufzuheben sei.

— 31 —

Bin ich bereit?

Sie packte ihre Sachen hastig zusammen, die sie am Abend zuvor sorgfältig ausgepackt hatte, geradezu feierlich, als wäre das Zimmer mit der erdbeerfarbenen

Blümchentapete und dem keuschen weißen Organdybett eine heilige Stätte, die sie nach ihrem letzten Besuch auf Grayling Island ganz vergessen hatte. Und jetzt war es ein Ort, von dem sie unbedingt fortkommen wollte.

Sie hatten geplant, sich pünktlich um 19 Uhr davonzumachen und um 19.30 Uhr mit der Fähre nach Boothbay Harbor überzusetzen, aber dann traf gerade wieder ein Auto voller Gäste ein, und der Senator verwickelte sich in ein Gespräch und nahm noch einen Drink. Vielleicht würden sie es doch nicht rechtzeitig schaffen zur Fähre, meinte er. Wann denn die nächste abfahre? Ganz egal, es werde ja immer wieder mal eine geben.

Erwarte nur nicht zuviel. Sei zufrieden mit dem, was kommt.

So ermahnte sich die praktisch denkende Kelly Kelleher.

Dennoch zitterten ihre Hände. Ihr Atem ging rasch. In dem herzförmigen, mit weißem Weidengeflecht umrahmten Spiegel über der Kommode schwebte das Gesicht eines Mädchens, ein verzücktes, begeistertes, hoffnungsfrohes Gesicht.

In Wahrheit flogen ihre Gedanken dahin wie ein ungestümer, torkelnd über den Sanddünen hochsteigender Papierdrachen: Er lebt schließlich von seiner Frau getrennt, er hat ja gesagt, daß seine Ehe gescheitert ist. Die Wähler sind nicht mehr puritanisch eingestellt, sie sind nicht mehr so übelnehmerisch.

Daß es nicht den leisesten Anschein von Unschicklichkeit geben darf. Den leisesten Anschein eines Seitensprungs.

Die Welt ist anders als damals, Mutter. Wenn du das doch nur begreifen könntest!

Laß mich doch in Frieden!

Als sie, ein Bier in der Hand, durch die Küche ging, hörte sie, wie Ray Annick mit leiser, zorniger Stimme ins Telefon redete. Seine gehobene Ausdrucksweise war jetzt mit Ausdrücken wie »Arschloch«, »Scheiße« und »beschissen« durchsetzt, was Kelly verblüffte, weil dieser Mann jetzt ganz anders war als der freundlich lächelnde Herr, der Buffy St. John den ganzen Tag lang angehimmelt hatte, der Kelly Kelleher gegenüber höflich und überaus aufmerksam gewesen war. Und als sie in einer Entfernung von wenigen Metern an ihm vorbeiging, merkte sie, daß sein Blick ihr folgte (seine Lider waren aufgedunsen, die Augen glasig – er hatte den ganzen Nachmittag über getrunken, und das Tennisspiel hatte er als Demütigung empfunden), so wie eine Katze aus einem Beuteinstinkt heraus Bewegungen mit den Augen verfolgt. Doch sobald sie aus seinem unmittelbaren Blickfeld verschwunden war, sah er sie nicht mehr, nahm er überhaupt nicht mehr wahr, daß sie existierte.

»Paß mal auf, ich habe dir doch den ganzen Scheiß genau erklärt – wir sprechen am Montag darüber. Himmeldonnerwetter!«

Kelly Kelleher, wie sie, auf einem Bein balancierend, rasch aus ihrem weißen Lastexbadeanzug schlüpft, den sie am Samstag zuvor bei Lord & Taylor im Sommerschlußverkauf erworben hat.

Wie sie rasch ein gestricktes, blaßgelb gestreiftes Sommerkleid überzieht, das ihre schönen, glatten, nackten Schultern freiläßt, auch diese prickelnde Hautpartie, die er mit der Zunge berührt hat.

Ist das wirklich geschehen? fragte sich Kelly Kelleher.

Wird es wieder geschehen? Immer wieder?

Du liebst das Leben, weil es dein Leben ist.

Der Wind in den hohen, besenartige Blütenstände tragenden Binsen, jenen gelben, schwankenden Binsen, die Menschengestalten glichen. Am Rande des Blickfeldes.

Der Wind, der kalte Ostwind vom Atlantik. Zitterndes, aufgerührtes Wasser, einer fahlen Flamme ähnelnd, drängt zum Strand hin, schlägt gegen den Strand. Buffy sagte, die höchsten der vor ihnen liegenden Dünen seien zwanzig Meter hoch; sie hätten etwas Unheimliches an sich, die Pechkiefern könnten sie nicht aufhalten, sie überschwemmten die ganze Insel wie richtige Meereswellen und hätten ihre eigenen Wellenkämme und Wellentäler. Messungen hätten ergeben, daß sie sich pro Jahr um drei bis fünf Meter von West nach Ost verlagern, über die Derry Road hinweg, so daß diese gesäubert werden muß, auch mitten durch die Schneezäune und das Strandgras. »Es ist schön hier«, sagte sie zitternd und bebend, »aber weißt du, all das verläuft ohne Rücksicht auf die Wünsche der Menschen.«

Und jetzt hörte sie, wie kleine, unruhige Wellen gegen das geneigte Dach schlugen, unter welchem sie sich befand – wohlbehütet, schön eingepackt in Bettücher und in Omas gehäkelter, mit Pandabären verzierter Steppdecke.

Du liebst dein Leben. Du bist bereit.

Sie hatte nicht ja sagen wollen. Doch sie hatte gern ja gesagt.

Ja zur Fähre, ja zu Boothbay Harbor und zum Motel.

Und was käme nach Boothbay, nach dem 5. Juli…?

Kelly Kelleher wollte ihn dazu bringen, sie zu lieben. Sie wußte schon, wie. Von diesem ungestümen Gedanken war sie selbst überrascht. *Du bist bereit.*

Im Auto hatte sie den Sendersuchknopf gedreht, hatte die piepsige Synthesizermusik angehört, dieses nichtssagende Gedudel. Wie rührend, daß der Senator, ein fünfundfünfzigjähriger Mann, so nostalgisch an seine weit zurückliegende Jugend dachte!

Sie sagte ja, obwohl sie gesehen hatte, daß der Senator viel trank. Anfangs war er noch vernünftig gewesen und hatte Weißwein, Perrier und kalorienarmes Bier getrunken, doch dann war er zu stärkeren Sachen übergegangen. Er und Ray Annick: die beiden älteren Männer auf der Party.

Ältere Männer. Und sie hielten sich selbst dafür, das merkte man.

Es war der 4. Juli. Heutzutage ein bedeutungsloser Feiertag, aber einer, den alle oder fast alle Amerikaner mit ihrer Nationalhymne feiern: »... das grellrote Leuchten der Raketen ... die in der Luft zerplatzenden Bomben.«

Dadurch weiß man ja: »... die Fahne ist noch da.«

Als der Senator in sprudelnder Laune vor lauter Ungeduld in die unbefestigte Straße einbog, erwies er sich als geübter Fahrer: Der Toyota kam in der sandigen Fahrspur ins Rutschen, blieb jedoch unter Kontrolle. Er genoß diese Fahrt geradezu, die Ungeduld, die sie vorantrieb, die Hast ihrer Flucht. Hatten sie etwa die Absicht gehabt, vom Weg abzukommen? Nach ein oder zwei schnellen Drinks hatte Kelly Kelleher dem Senator offenbart, daß sie ihre Abschlußarbeit an der Brown University über ihn geschrieben habe. Er war kein bißchen verärgert, verlegen oder gelangweilt gewesen, er hatte ihr vielmehr freudestrahlend zugehört.

»Na sowas! Hoffentlich war das auch der Mühe wert!«

»Selbstverständlich war es der Mühe wert, Senator.«

Sie redeten angeregt miteinander, andere hörten zu. Kelly Kelleher und der Senator hatten, wie man so sagt, *Gefallen aneinander gefunden.* Kelly hörte, wie sie dem Senator erzählte, welche von seinen Ideen sie am meisten faszinierten: Sein Vorschlag, Kontaktstellen einzurichten, insbesondere in Elendsvierteln, damit sich die Bürger direkt an ihre gewählten Vertreter wenden konnten; seine Initiative, Kindertagesstätten, eine kostenlose medizinische Versorgung und ein pädagogisches Förderprogramm zu etablieren; sein Eintreten für kulturelle Belange, insbesondere für lokale Kulturzentren. Kelly Kelleher redete mit viel Engagement, und der Senator hörte ihr gebannt zu; er hatte den faszinierten Gesichtsausdruck eines Menschen, der einem großen Publikum gegenübersteht und nicht einem einzelnen Gesprächspartner. War ihm das, was er sagte, jemals so gut, so vernünftig und überzeugend vorgekommen? – So melodisch, gefühlvoll, schwungvoll? Kelly fiel eine zynische Bemerkung von Charles de Gaulle ein, welche Carl Spader zu zitieren pflegte: *Da ein Politiker niemals glaubt, was er sagt, überrascht es ihn, wenn andere seinen Worten Glauben schenken.*

Kelly wurde plötzlich unsicher und hielt inne. »Entschuldigen Sie, Senator – das haben Sie ja bestimmt schon tausend Mal zu hören bekommen.«

Und der Senator sagte in verbindlichem Ton, doch in vollem Ernst: »Ja, Kelly, vielleicht schon – aber nicht von *Ihnen.*«

Ganz in der Nähe, bei einem Nachbarn, das Krachen von Knallfröschen. Hoch droben die flatternde, schimmernde amerikanische Flagge der Familie St. John.

Als das schwarze Wasser ihre Lunge füllte, als sie starb.

Nein, es war Zeit für das Festessen: Der Wind wehte den köstlichen Geruch des Grillfleisches herbei, das der betrunken umherschwankende, aber dennoch ganz tüchtige Ray Annick, mit einer komischen Kochmütze und einer Schürze versehen, beaufsichtigte. Es gab marinierten Thunfisch in dicken Scheiben, mit Tex-Mex-Sauce betupfte Hähnchenstücke, Teller mit rotem Tartar. Es gab Maiskolben, Unmengen von Kartoffelsalat, Krautsalat, Bohnensalat und Curryreis; Häagen-Dazs wurde in Literpackungen samt Löffeln herumgereicht. Was für einen Appetit sie hatten, besonders die jüngeren Männer! Auch der Senator griff herzhaft zu, wischte sich jedoch fast nach jedem Bissen mit einer Serviette den Mund.

Kelly war ganz schwindlig vor Hunger, konnte aber kaum essen. Sie führte andauernd die Gabel zum Mund und ließ sie wieder sinken. Obwohl viele von Buffys Gästen gerne mit dem Senator gesprochen hätten, wandte dieser seine ganze Aufmerksamkeit Kelly Kelleher zu – geradeso, als wäre dieser Mann wie in einem ganz phantastischen Märchen spontan auf diese Insel gereist, nur um *sie* zu sehen.

Kelly Kelleher spürte ein angenehmes Prickeln auf ihren heißen Wangen. Sie dachte, daß Carl Spader höchst beeindruckt, ja richtig neidisch wäre, wenn sie ihm von diesem Treffen erzählte.

Der Senator zuckte zusammen, als eine Serie von Knallfröschen auf dem Nachbargrundstück explodierte.

Kelly dachte: Er hat Angst, daß auf ihn geschossen wird – daß ein Anschlag verübt wird.

Wie ungewöhnlich: So sehr im Mittelpunkt zu stehen, daß man ein Attentat befürchten muß!

Der Senator sagte: »Ich glaube, ich mag den 4. Juli

nicht besonders. Seit ich ein kleiner Junge war, stellt er für mich einen Wendepunkt dar: Der Sommer ist halb vorüber, jetzt geht es auf den Herbst zu.« Er sprach mit einer seltsam nachdenklichen, melancholischen Miene und wischte sich dabei den Mund. Auf seiner Serviette war Ketchup, der aussah wie Lippenstiftspuren.

Kelly sagte: »Sie müssen an Feiertagen bestimmt viele amtlichen Verpflichtungen wahrnehmen – Reden halten, Auszeichnungen entgegennehmen ...«

Der Senator zog gleichgültig die Schultern hoch. »Man lebt einsam, wenn einem dauernd die eigene Stimme in die Ohren dringt.«

»Einsam?« fragte Kelly lachend.

Rasch, als dürfe sie ihn bei dem, was er ihr anzuvertrauen hatte, nicht unterbrechen, sagte der Senator: »Manchmal ärgere ich mich darüber, es geht mir richtig an die Nieren: daß man seiner eigenen Worte überdrüssig wird – nicht, weil sie unlauter, sondern weil sie lauter sind. Man hat sie nämlich so oft ausgesprochen, hat seine ›Prinzipien‹, seine ›Ideale‹ verkündet – und diese haben in der Welt so verdammt wenig bewirkt.« Er trank einen großen Schluck aus seinem Glas. Seine angespannte Wangenmuskulatur ließ darauf schließen, daß er verärgert war. »Man hat es satt, als ›Berühmtheit‹ zu gelten und deswegen von anderen angehimmelt zu werden.« Auch dies schmeichelte Kelly Kelleher ungemein, denn es hatte ja den Anschein, daß der Senator sie als Ausnahme betrachtete, wenn er über diese Dinge und über die *anderen* redete.

Er lebte von seiner Frau getrennt, seine Kinder waren erwachsen – sie waren mindestens in ihrem Alter. Was war denn schon dabei?

Sie sagte zu ihren Eltern, sie hätten sich nur geküßt, ein einziges Mal. Was war denn schon dabei?

Von G. hatte sie eine Infektion des Urogenitaltraktes abbekommen, doch keine schlimme; es war keine von den tabuisierten Infektionen gewesen, und sie war schon vor Monaten verschwunden nach einer Behandlung mit Antibiotika. Was war denn schon dabei?

An jenem Morgen hatte sie in pefferminzgrünem, schaumigem Wasser ausgiebig gebadet, das den von Buffy empfohlenen kohlensäurehaltigen Badezusatz »ActiBath« enthielt.

Sie waren in die Stadt gefahren, nach Grayling Harbor auf der westlichen Seite der Insel, um Einkäufe zu machen für die Party: bei Harbor Liquor, The Fish Mart, Tina Maria Gourmet Foods und La Boulangerie. Vor der Bäckerei war ein nagelneuer Ford-Jeep geparkt, der auf der hinteren Stoßstange einen Aufkleber hatte: EIN TOTENHEMD HAT KEINE TASCHEN.

Als sie, mit kostspieligen Einkäufen bepackt, aus einem der Geschäfte kamen, sagte Buffy geistesabwesend zu Kelly: »Weißt du, ich kenne niemanden, der im Laufe dieses Jahres an AIDS gestorben ist. Das ist mir eben eingefallen.«

Als sie zum Ferienhaus zurückfuhren, erwähnte Buffy ganz nebenbei, Ray Annick habe den Senator zu der Party eingeladen. Es sei jedoch nicht das erste Mal, daß Ray ihn eingeladen habe: »Ich rechne eigentlich nicht mit ihm. *Ich* nicht.«

»Hierher? Er ist hierher eingeladen worden?« fragte Kelly.

»Ja, aber ich will tot umfallen, wenn er tatsächlich aufkreuzt.«

Buffy hatte Kelly zu dem kohlensäurehaltigen Schaumbad auch noch eine neue CD mit spiritueller Musik aufgedrängt, die den Titel »Dolphin Dreams« trug. Der aus einer besänftigenden Mischung von Delphingesängen und Chorstimmen bestehende Sound eigne sich zum Streßabbauen; Kelly hatte die Platte jedoch nicht aufgelegt.

Sie hatten die 19.30-Uhr-Fähre verpaßt, doch zur 20.20-Uhr-Fähre würden sie es schaffen. Der Senator schien verärgert und ungeduldig zu sein. Er schaute auf seine Digitaluhr, auf der sich die leuchtenden Ziffern wie zuckende Nervenstränge bewegten. Im Verlauf der letzten Stunde, die sie auf der Party verbrachten, änderte sich etwas am Verhalten des Senators. Er redete jetzt nicht mehr so flüssig wie zuvor, war auch nicht mehr so schlagfertig; er betrachtete Kelly Kelleher mit einem Blick, der ihr vertraut und gleichzeitig undefinierbar vorkam – einem besitzergreifenden Männerblick, in dem auch eine Spur von Besorgnis und Ungehaltenheit lag.

Als sie gingen, fragte der Senator, ob Kelly einen Drink für unterwegs wolle, doch sie lehnte ab. Der

Senator bat sie, einen für ihn mitzunehmen, noch zusätzlich. Kelly hielt das zuerst für einen Spaß, doch er meinte es ernst: Er hielt einen frisch gefüllten Becher Wodka-Tonic in der Hand, und er wollte, daß Kelly für ihn einen weiteren mitnahm. Sie zögerte, aber nur einen Augenblick lang.

Kelly war schon auf der Auffahrt, als Buffy sie einholte, ihr die Hand drückte und ihr ins Ohr flüsterte: »Ruf mich an, Schätzchen! Morgen, zu jeder Zeit.«

Das bedeutete, daß es noch gar nicht passiert war, denn Buffy stand auf der Auffahrt, schaute ihnen nach, die Hand erhoben zu einem matten Abschiedsgruß.

— 32 —

Es war noch nicht passiert, sie sah, wie sie in ihren kurzen weißen Söckchen keck auf dem kratzigen Teppich herumlief, mit juckenden, zappelnden Zehen, wie eine große Gestalt hinter ihr auftauchte, ihr unter die Arme griff, unter die Achselhöhlen, und sie festhielt: *Wer ist denn das? Wen haben wir denn da? Das ist ja das kleine Zuckerpüppchen Lisabeth!*

Das stimmte. Das war sie gewesen. So hatte es angefangen.

Sie sah das genau vor sich, doch gleichzeitig erläuterte sie einer Gruppe von Leuten, von Familienangehörigen, deren Gesichter durch die zersprungene

Windschutzscheibe hindurch nicht recht zu erkennen waren, daß es anders sei, als sie dächten: Er habe sie nicht im Stich gelassen, er sei weggegangen, um Hilfe zu holen – dieser Mann, dessen Name ihr nicht mehr einfiel, an dessen Gesicht sie sich nicht mehr erinnern konnte, obgleich sie sicher war, daß sie es wiedererkennen würde. Er sei weggegangen, um Hilfe zu holen, um einen Krankenwagen zu rufen, deswegen sei er verschwunden, er habe sie nicht ihrem Schicksal überlassen, werde sie nicht in dem schwarzen Wasser sterben lassen.

Er habe nicht nach ihr getreten, er habe sich nicht davongemacht. Er habe sie nicht vergessen.

Diese lächerlichen rosa lackierten Nägel, abgebrochen und zersplittert. Doch sie würde kämpfen.

Aus ihren Nasenlöchern trat blutdurchsetzter Schaum, ihre Augäpfel verdrehten sich, *doch sie würde kämpfen.*

... hatte sie nicht ihrem Schicksal überlassen. Er hatte sich freigestrampelt und sich aus dem untergehenden Auto davongemacht, er war fortgeschwommen, um sich in Sicherheit zu bringen, an Land, wo er erschöpft dagelegen hatte, das schmutzige Wasser herauswürgend, in welches ihn keine Macht auf Erden wieder hineinbringen würde. Schließlich hatte er sich erhoben (wieviel Zeit inzwischen vergangen war, wußte er nicht: eine halbe Stunde? eine Stunde?) und war fortgehumpelt, *an einem Fuß einen Schuh, am andern kei-*

nen, wie schändlich, mit diesem Singsang würden ihn seine Gegner eines Tages schmähen, wenn er nichts dagegen unternahm. Er humpelte, stolperte den durch das Sumpfland führenden Weg entlang, hin zu der drei Kilometer entfernten Landstraße, voller Angst, ein zufällig vorbeikommender Autofahrer könnte ihn entdecken. Er hatte Schüttelkrämpfe, in seiner panischen Angst ging sein Atem stoßweise. *Was soll ich machen? Was soll ich denn machen? Lieber Gott, was soll ich denn machen?* Das schrille, wahnwitzige Zirpen der Insekten und ein schaudererregender Ansturm von Moskitos, die summend um seinen Kopf flogen, in seine empfindliche, geschwollene Haut stachen, in seine lädierte Stirn, in seine Nase, von der er annahm, daß sie beim Aufprall auf das Lenkrad gebrochen war. An der Landstraße krümmte er sich zusammen, hechelnd wie ein Hund, duckte sich zu Boden zwischen den hohen Ginsterbüschen und wartete, bis der Verkehr nachließ und er über die Fahrbahn humpeln konnte zu einem Telefonhäuschen auf dem Parkplatz von Post Beer & Wine, mit ausgetrocknetem Mund, noch ganz betäubt von der tiefsitzenden, panischen Angst, dem alptraumhaft fortwährenden Horror, der so unsäglich schlimm, so unerträglich war, daß man nur noch vor ihm fliehen konnte. Der Senator machte sich davon, *an einem Fuß einen Schuh, am andern keinen,* zerzaust wie ein Betrunkener. Und wenn ihn jemand sähe? Ihn erkannte? Ihn fotografierte? Und wenn Gott, der ihm so lange gnädig gewesen war, ihm nun seine

Gunst entzöge? Und wenn diese Schmach das Ende bedeutete? Humpelnd, nach Luft schnappend, mit schwarzem, schmierigem Schlamm bedeckt dem Ende entgegen? Und wenn er dann doch nicht errettet würde und erhoben über Freund und Feind? Wenn er von seiner Partei schließlich doch nicht nominiert, wenn er nicht zum Präsidenten der Vereinigten Staaten gewählt werden würde? Wenn er die Schande der Ablehnung erfahren müßte, der Lächerlichkeit preisgegeben wäre und dem Spott seiner Feinde? In der politischen Praxis ging es – nach den Worten von Henry Brooks Adams – darum, *Haßgefühle systematisch aufzubauen*. Wer das nicht schaffte, war erledigt. Entsetzen überfiel ihn, ihm wurde speiübel, er rannte über die Landstraße, schwankte dabei wie ein Betrunkener, obwohl er jetzt völlig nüchtern war. Er würde sein ganzes Leben lang keinen Tropfen mehr anrühren, das wußte, das gelobte er; ein anständiges Leben würde er führen, wenn Gott ihm nur wohlgesonnen wäre in dieser Stunde der Not: *Wenn Du jetzt Gnade walten ließest*. Er zuckte zusammen, kauerte sich nieder, spürte ein Stechen in den Eingeweiden, als ganz in der Nähe in einem öffentlichen Park funkensprühende Feuerwerksraketen mit lustigem Krachen in den Nachthimmel stiegen und die Nationalfarben Rot, Weiß und Blau grell aufleuchten ließen; Zuschauer zeigten mit »Oh!«- und »Ah!«-Rufen ihre naive Bewunderung, ein Hund jaulte plötzlich hysterisch auf, ein junger Mann befahl ihm in verärgertem Ton, ruhig zu sein – es war also kein Gewehrfeuer gewesen, nur ein ganz belangloser Lärm. Wie einen Talisman hielt er eine Münze zwischen seinen steifen Fingern, sein Geldbeutel hatte noch in der Tasche gesteckt, die Banknoten waren unversehrt, schienen fast nicht naß geworden zu sein. Er brachte es fertig, gefaßt zu sprechen, er verlangte die Vermittlung und ließ sich mit der Familie St. John in der Derry Road verbinden, war froh, daß ihm der Name eingefallen war. Als das Telefon achtmal geklingelt hatte, ging eine Frau an den Apparat; im Hintergrund war das Getöse der Party zu hören, sie mußte nochmals fragen, wen er denn sprechen wolle. Und dieser Fremden, die für ihn eine Retterin war, der Strohhalm, nach dem ein Ertrinkender greift, sagte er mit verstellter Stimme und einem unauffälligen Akzent: »Ray Annick möchte ich sprechen. Mein Name ist Gerald Ferguson. Geben Sie mir bitte Ray Annick.« Die Frau ging weg, die Lautstärke der Stimmen und des Gelächters nahm zu, schließlich war Ray am Apparat, nervös und besorgt: »Ja? Gerry? Was ist denn los?« Er war überzeugt, daß es Unannehmlichkeiten gab, Ferguson war kein Freund von ihm, sondern ein Anwaltskollege, der ihn um diese Zeit nur anrufen würde, wenn es sich um etwas Schwerwiegendes handelte. Der Senator sagte mit stockender, flehender Stimme: »Ray, hier spricht nicht Ferguson. Ich bin es.« Und Ray sagte verständnislos: »Du bist das?« Der Senator erwiderte: »Ja, ich, und ich bin in großen Schwierigkeiten. Es hat einen Unfall gegeben.« Ray, der um sich zu greifen, nach Halt zu suchen schien, sagte: »Wie bitte? Einen Unfall?« Und der Senator sagte mit erhobener Stimme: »Was soll ich denn bloß machen? Dieses Mädchen ist – tot.« Er prallte dabei mit seiner lädierten Stirn gegen die schmierige Plexiglaswand der Telefonzelle, einen Moment lang herrschte verblüfftes Schweigen. Dann sagte Ray: »Tot...!« Das war eher ein Atemholen als ein Ausruf, und er fügte rasch hinzu: »Rede nicht am Telefon darüber! Sag mir einfach, wo du bist. Ich komme und hole dich ab.« Der Senator schluchzte jetzt, er war außer sich, war ganz perplex und niedergedrückt: »Das Mädchen war betrunken. Sie wurde hysterisch, griff ins Steuer. Und das Auto kam von der Straße ab. Man wird das als fahrlässige Tötung hinstellen, man wird mich belangen...« Da fuhr Ray zornig und mit Entschiedenheit dazwischen: »Hör auf! Schluß damit! Sag mir um Gottes willen, wo du bist, und dann hole ich dich ab.« Und der Senator fügte sich.

Die Digitalziffern seiner Rolex funktionierten noch, zeigten leuchtend die Zeit an: 21.55 Uhr.

Doch davon ahnte Kelly Kelleher nichts, davon konnte sie nichts wissen, denn für sie sah es so aus, als wäre der Unfall noch gar nicht geschehen – der glänzende schwarze Toyota bog eben erst von der Landstraße in den jämmerlichen, ausgefahrenen Weg ein, von oben das helle, romantische Licht des Mondes, aus dem Radio leise, poppige Musik, und sie merkte, daß etwas nicht stimmte, daß sie sich allem Anschein nach verfahren hatten – aber sie wollten ja vom Weg abkommen.

Als das schwarze Wasser ihre Lunge füllte, als sie starb.

Nein, im allerletzten Moment begann sie zu husten, zu würgen, sie mühte sich ab, den Rumpf hochzuschieben, den Kopf zu heben, sie bot alle Kraft auf, bis die Muskelstränge an den Sehnen und Knochen ihres linken Arms hervortraten, während ihre Finger etwas festhielten, was sie nicht mehr als das Lenkrad erkennen konnte, von dem sie jedoch wußte, daß es ihre Rettung darstellte. Denn hoch droben schwebte die Luftblase, kleiner zwar als zuvor, doch sie war noch da. Und sie tat gut daran, die verblüffte Buffy St. John ganz, ganz fest zu umarmen und ihr zu versichern, sie liebe sie wie eine Schwester, es tue ihr leid, daß sie sich in den letzten paar Jahren so bewußt abgekapselt habe, und ihr zu sagen, es sei ein Unfall gewesen, niemand sei schuld daran.

Aber war es denn wirklich geschehen...? Das Auto jagte schleudernd die Straße entlang, an welcher niemand zu wohnen schien, auf welcher keinerlei Verkehr herrschte, wo es weit und breit nur Sumpfland gab, braune, stachelige Binsen, hohe, schwankende Gräser, verkrüppelte Kiefern, Baumstümpfe, so viele auf unerklärliche Weise abgestorbene Bäume und den durchdringenden, rhythmischen Lärm der paarungsbereiten Insekten, als ob diese spürten, daß die Zeit verrann, daß der Mond bald aus dem von oben nach unten gekehrten

Himmel verschwinden würde. Ganz nebenbei (sie und der Senator redeten nämlich gerade miteinander) sah Kelly in einem seichten Graben unweit der Straße ein kaputtes Eßtischchen, das Vorderrad eines englischen Markenrennrades und den nackten, kopflosen Körper einer fleischfarbenen Puppe; sie wandte den Blick von der Puppe ab, weil sie die Stelle, an welcher der Kopf herausgerissen worden war, nicht betrachten wollte, dieses Loch, das aussah wie eine bizarre, verstümmelte Vagina.

Du bist eine junge Amerikanerin, du liebst dein Leben. Du liebst dein Leben, du glaubst, daß du es dir ausgesucht hast.

Sie war am Ertrinken, aber sie wollte das nicht zulassen. Sie war kräftig, sie wollte bis zum Letzten kämpfen.

Und da schwebte auf der anderen Seite der Windschutzscheibe sein besorgtes Gesicht heran; wie zuvor, als sie gemeint hatte, er habe sie im Stich gelassen, suchte er nach ihr, zerrte so heftig an der Tür, daß der ganze Wagen schwankte. Und seine gebräunte Haut hatte einen warmen Bronzeton, er war so groß, Kelly hatte selten einen so großen Mann gesehen. Breit lächelnd zeigte er seine weißen Zähne, an den muskulösen Armen drahtige, gekräuselte Haare, sein rechtes Handgelenk war, wie er selbst gesagt hatte, vom Squashspielen, von seiner jahrzehntelangen Squash-Begeisterung, deutlich kräftiger als das linke. Kelly berührte die teuere weißgoldene Digitaluhr an seinem

Handgelenk, merkte, daß diese straff angelegt war, daß das Armband ins Fleisch schnitt. Seine supermoderne Rolex schien ihn nachdenklich zu stimmen, er sagte etwas über den neuen Zeitbegriff, den nachfolgende Generationen beim Betrachten der aufleuchtenden, aufzuckenden und wieder vergehenden Ziffern hätten – wogegen man in der Vergangenheit ein Zifferblatt vor Augen gehabt und die kreisförmige Bahn des Stundenzeigers als meßbare Strecke verstanden habe, die zurückgelegt werden mußte.

Und seine kräftigen Finger umschlossen die ihren. *Wie war Ihr Name? Kelly?*

An diesem Tag, an diesem Morgen hatte sie am Strand unter der weiß leuchtenden Sonne zwischen den Dünen gejoggt, den Wind im Haar. In der schaumigen Brandung hatten Schnepfen mit auffallend getupfter Brust, langen dünnen Schnäbeln und zarten Beinchen im nassen Sand herumgepickt. Sie hatte über sie gelächelt, über ihr merkwürdiges Getrippel, ihr eifriges Suchen, und hatte gespürt, wie ihr das Herz schwoll: *Ich möchte leben, ich möchte ewig leben!*

Sie würde sich auf alles einlassen, würde ihr rechtes Bein, ja beide Beine opfern, wenn die Sanitäter dies für erforderlich hielten; sie würde einer Amputation sofort zustimmen, würde versprechen, die Zustimmungserklärung später zu unterzeichnen und nicht zu prozessieren.

Das war eher die Art ihres Vaters, er galt in der Familie als »Prozeßhansel«, aber Kelly würde ihm die Umstände erläutern, sie würde die Schuld auf sich nehmen.

Sie nahm einen kleinen Schluck des schwarzen Wassers nach dem anderen, denn sie glaubte, sie brauche es nur rasch zu schlucken, dann hätte sie es ganz einfach getrunken, und ihr könne nichts geschehen.

Was war denn das? War das für sie? Blinzelnd vor Erstaunen und Entzücken schaute sie sich an, was Oma für sie genäht hatte: ein Kleid aus weißer, gekräuselter, mit winzigen Erdbeeren bedruckter Baumwolle! Sie würde es mit ihren neuen schwarzen Lackléderschuhen tragen und den weißen Söckchen mit dem rosafarbenen Rand.

Du liebst das Leben, das du gelebt hast, weil es dein eigenes ist. Weil es dich zu dem gemacht hat, was du bist.

Sie merkte, daß sie sie genau beobachteten. Sie mußte ihre Tränen verheimlichen, sie wollte sie nicht beunruhigen. Sie sollten nichts davon erfahren.

Oma, Mami, Daddy – ich liebe euch.

Doch es kam ihr verwunderlich und auch etwas befremdlich vor, daß sie so jung waren.

Es war riskant, es war das große Abenteuer ihres jungen Lebens, wahrscheinlich machte sie einen Fehler, doch sie hatte sich nach vorne gelehnt auf ihren nackten, gestreckten Zehen und den Kuß entgegengenommen, als stünde er ihr zu, der Auserwählten, ihr und keiner anderen, und damit hatte sie all die anderen ausgestochen, die jungen Frauen, die diesen Kuß genauso entgegengenommen hätten von ihm, von diesem Mann, dessen Namen sie vergessen hatte.

Sie war nicht verliebt, doch sie würde ihn lieben, wenn das ihre Rettung bedeutete.

Sie hatte noch nie einen Mann geliebt, sie war ein anständiges Mädchen, aber diesen Mann würde sie lieben, wenn das ihre Rettung bedeutete.

Das schwarze Wasser schwappte in ihren Mund, in ihre Nasenlöcher, sie konnte ihm nicht entrinnen. Es füllte ihre Lunge, und ihr Herz schlug schnell und unregelmäßig, mühte sich ab, Sauerstoff in ihr ermattendes Gehirn zu pumpen, mit dem sie jetzt ganz deutlich hoch aufragende, stalagmitenartige Gebilde sah. Was hatte das zu bedeuten? Sie lachte wehmütig und dachte an die vielen nach Bier, nach Wein, nach Whiskey, nach Zigaretten, nach Marihuana schmeckenden Küsse.

Du liebst das Leben, das du gelebt hast, es gibt kein anderes.

Du liebst das Leben, das du gelebt hast, du bist eine junge Amerikanerin. Du glaubst, daß du es dir ausgesucht hast.

Und er sprang doch noch in das schwarze Wasser, tauchte an das Auto heran, spreizte die Finger auf der zersprungenen Windschutzscheibe, und sein Haar stieg rankenartig empor. *Kelly? – Kelly?* Sie sah ihn vor sich, er war stumm und erstaunt. Wie viele Minuten, wie viele Stunden vergangen waren, wie lange sie schon an diesem Ort war, vermochte sie nicht zu sagen, denn in diesem engen, dunklen Verließ, in dem sie von verbogenem Metall festgehalten, in dem sie umklammert wurde, schritt die Zeit nicht voran. Doch plötzlich sah sie ihn: Dort war er! Er befand sich über ihr und tauchte herunter, um endlich die Tür aufzureißen, diese Tür, hinter der sie gefangensaß, und ihr Herz schwoll vor Freude und Dankbarkeit, daß es fast platzte, ihre Augen quollen aus den Höhlen, sie streckte die Arme nach ihm aus, strebte ihm entgegen, damit seine kräftigen Finger ihre Handgelenke umfassen und er sie endlich, endlich aus dem schwarzen Wasser herausholen konnte. Sie machten sich gemeinsam auf, schnellten plötzlich mühelos, schwerelos zur Oberfläche empor, und sie schlüpfte wie ein trotziges Kind aus seinen Händen, versessen darauf, jetzt, da sie frei war, zu ihrer grenzenlosen Erleichterung selbst zu schwimmen, die abgestorbenen Beine zu bewegen, die ihr wieder gehorchten, als wäre alles nur ein schlimmer Traum gewesen. Mit kräftigen, rhythmischen Armbewegungen in jenem australischen Kraulstil schwimmend, den sie in der Schule gelernt hatte, reckte sie sich triumphierend in die Höhe, und nun erblickten ihre staunenden Augen endlich wieder den herrlichen Nachthimmel, nahmen den riesigen Mond so genau wahr, daß sie dachte: *Wenn ich ihn sehen kann, dann lebe ich noch.* Diese simple Feststellung erfüllte sie mit einem großen, heiteren Glücksgefühl; sie sah auch, daß Mami und Daddy zwischen den hohen Grasbüscheln warteten, doch es verblüffte sie, daß sie nicht jung, sondern alt waren, älter, als sie sie in Erinnerung hatte; ihre Eltern hatten gramzerfurchte Gesichter und starrten sie entsetzt an, so als hätten sie Kelly noch nie gesehen, ihre kleine Lisabeth, die ihnen auf weißen Söckchen mit einem frohen, erwartungsvollen Jauchzen entgegenlief, die die Arme ausbreitete und strampelnd hochgehoben werden wollte, als das schwarze Wasser ihre Lunge füllte, als sie starb.